妖しい刀

出直し神社たね銭貸し

櫻部由美子

時代小説文庫

角川春樹事務所

目次

第一話　大黒天に憑《つ》かれた男へ――たね銭貸し金四両也　6
第二話　千に三つのまことへ――たね銭貸し銭五文也　103
第三話　細工貧乏な小者へ――たね銭貸し銀一粒也　200

本文デザイン／アルビレオ

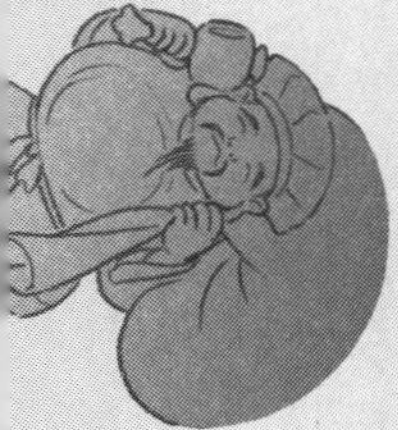

出直し神社たね銭貸し

妖しい刀

第一話

大黒天に憑《つ》かれた男へ――たね銭貸し金四両也

「ですから、一刻も早く相手の女を呪《のろ》ってくださいまし」

あまり穏やかでない願いを訴える客が出直し神社に押しかけたのは、涼やかな風が吹く八月一日の朝だった。

「ちゃんと女中に調べさせて、女がいるのはわかっています。それも一人や二人ではないと知れたからには、片っ端から呪い殺していただかなくては――」

気がすまないと言いながら、客はしきりに肉づきのよい膝《ひざ》を揺らしている。歳《とし》は三十前というところか。貉菊《むじなぎく》の小紋《こもん》に源氏車《げんじぐるま》の帯を合わせた上品な装いと、気ぜわしい貧乏ゆすりが不釣り合いで、斜向《はすむ》かいに控えるおけいの心までざわついてしまう。

「何をいきり立っておいでかね」

一方的な客のおしゃべりを、うしろ戸《ど》の婆《ばば》の乾いた声がさえぎった。

「先に、あんたがどこの誰だか教えてもらおうか」

「これは失礼いたしました。小柳町《こやなぎちょう》からまいりました、茜屋《あかねや》の松《まつ》と申します」

白い帷子《かたびら》を身につけた皺《しわ》くちゃの婆の前で、ようやく客が素性を明かした。

神田《かんだ》小柳町の茜屋といえば、江戸でも名の知れた袋物《ふくろもの》問屋である。八つの歳から掃除洗濯などの下働きに明け暮れてきたおけいでさえ、茜屋で扱う巾着《きんちゃく》や煙草《たばこ》入れが、分限者《ぶげんしゃ》好みの特別な品であることを知っている。

「そのお松さんが誰に腹を立てているのか、順を追って話してごらん」

女としては大柄でふくよかなお松は、さっきより落ち着いて話しはじめた。

「私は茜屋で生まれた娘です。男兄弟がおりませんでしたので、末子の私が十八歳のときに婿《むこ》をとって店を継ぎました」

お松の婿として店主の座についたのは、先代に目をかけられていた茂兵衛《もへえ》という手代《てだい》だった。あまり丈夫な質《たち》ではなく、たびたび風邪《かぜ》をひいて寝込む茂兵衛だが、気性は穏やかで、店で扱う袋ものにもよく通じていた。三人の子宝にも恵まれ、仲睦《なかむつ》まじい夫婦として十年を過ごしてきたというのだが……。

「あの家を譲り受けたのが間違いだったんです。あんなボロ屋さえなければ」

いまいましげにお松が口にしたボロ屋とは、元岩井町《もといわいちょう》にある表店《おもてだな》のことだった。茂兵衛の伯父《おじ》にあたる男が三年前に亡くなり、残った家を相続したのである。

茂兵衛はその家を貸家とすることにした。ところが半年もしないうちに借り主が去ってしまい、すぐ新しい借り手が見つかったものの、やはり三か月ほどでいなくなった。その次の借り手も早々に立ち退《の》き、二年半のあいだに八回も借家人が入れ替わった挙句《あげく》、ついに誰もその家を借りようとはしなくなったという。

「おやおや、それほど借家人に嫌われるとは、わけありの家なのかい」

どこか楽しげな婆に、お松は眉《まゆ》をしかめて答えた。

「くだらない話でございます。大黒《だいこく》さまのお化けが出ると噂《うわさ》が立ったのですよ」

「えっ、大黒さまの——?」

おけいは慌てて自分の口を押さえた。うしろ戸の婆が客と話しているときによけいなことを言ってはいけないのだが、つい声が出てしまったのだ。

「はて、それは面妖《めんよう》なことだ」

婆は聞こえなかった体《てい》で、とぼけた声を上げた。

「大黒天は福をお授けになる神さまだと思っていたが、いつお化けになったものか」

「そんなことは存じ上げません」

お松は尖《とが》った鼻先をつんと上に向けた。

「借家人たちが申しますには、毎晩のように大黒さまが夢枕《ゆめまくら》にお立ちになって、肩がこったと訴えるそうでございます」

へえ、と、今度は心の中だけでおけいは驚いた。神さまでも肩がこるのだろうか。

「誰か揉《も》んでやった者はいないのかい」

「まさか」

さも馬鹿馬鹿しいと言いたげに、お松は首を振ってみせた。

大黒さまは肩こりを訴えるだけですぐに消えてしまう。だが、目が覚めたときには自分の肩がずっしりと重くなっていて、これが毎晩続くと身体《からだ》はつらいし気色《きしょく》も悪い。本物の神さまが人に悪さをするはずはないから、きっと物《もの》の怪《け》が棲《す》みついているのだろうと噂が広まり、いつしか古家は〈肩こり大黒の家〉と呼ばれるようになってしまった。

「でも、お松さん。あんたは大黒さまを呪ってほしいわけではないのだね」

「もちろんでございます。私が呪ってやりたいのは——」

ふたたびお松の膝が小刻みに揺れはじめた。

半年ほど前から、借り手のない家に茂兵衛がたびたび泊まり込むようになった。空き家のままでは家が傷むし、野次馬が踏み荒らすのを防ぎたいというのが理由だが、泊まりに行く日が増えるにつれて、お松の心に疑念が生じた。

——もしや、女を呼び入れているのではなかろうか。

なんといっても茂兵衛は婿養子である。先代の娘である自分をうとましく思い、しおらしい女を外で囲いたくなったのかもしれない。

そんな疑いの心を抱きながらも、お松は気にとめない素振りを続けた。もとは子飼いの奉公人にすぎない茂兵衛に、本当は浮気をしているのだろうと面と向かって問いただすのが口惜《くちお》しかったからだ。

しかし、茂兵衛が〈別宅〉と呼ぶ家に昼間から入り浸るようになると、さすがのお松も辛抱《しんぼう》がたまらなくなった。女中を元岩井町にやって探らせたのが昨日のこと。その日のうちに若い女たちが別宅に出入りしていることが判明したのである。

「女房の目を盗んで、しかも大黒さまの噂話に乗じて上がり込むなんて、厚かましい女たちではございませんか。そんな連中に思うさまバチを当ててやりたいんです」

悔しくて仕方のないお松は、たまたま近所の家で山伏《やまぶし》が護摩《ごま》を焚《た》いたばかりだったことから、自分も憎い女どもを呪詛《じゆそ》してやろうと考えた。だが、どうやって山伏を雇えばいいのかわからない。願いごとの中身が中身なだけに人を介するのもためらわれ、何年か前に習いごとの仲間から聞いていた、下谷《したや》の出直し神社を訪ねてみようと思い立ったわけだ。

「ふーむ、これは困った」

枯れ枝のような腕を組んで、うしろ戸の婆は考え込んだ。

「うちのご祭神は貧乏神だからね。呪ったり殺したりは本分じゃないんだよ」

出直し神社では、人生を仕切り直したいと願う参拝客の話を聞き、縁起のよい〈たね銭《せん》〉を授けている。おけいが婆を手伝うようになって十か月になろうとしているが、呪詛を願う客がきたのは初めてだ。

「そもそも浮気の相手がどんな女なのか、あんたは知っているのかい」

「いえ、それは……」

お松は口ごもった。調べにやった女中は、別宅の近くで噂を聞いただけなのだ。

「どこの誰とも知れない相手を呪詛しようなんて無茶な話だよ。それに、亭主が外で女をとっかえひっかえしているというなら、まずは証《あか》しをそろえて、亭主のほうをこらしめてやるのが筋だと思うがね」

ぐうの音《ね》も出ないお松は、黙って膝をゆすり続けた。その膨《ふく》れっ面《つら》が泣きそうに歪《ゆが》むのを見て、ようやくおけいは気がついた。

(この人は、ご亭主のことが好きでたまらないのだわ)

総領《そうりよう》娘としての気位の高さが邪魔して素直になれないだけで、並み居る奉公人の中から取り立てられたという出来物の亭主を慕っている。だから浮気をされたと知っても、相手の女たちに怒りの矛先《ほこさき》が向いてしまうのだ。

「どうあっても、ご祈禱《きとう》をしていただけないのでございますか」

「呪詛はできない。ただし、旦那の浮気を確かめる手助けならしてやってもいい」

あきらめきれないお松のために、うしろ戸の婆が一計を案じた。

「そこにいるおけいを連れて行くといいよ。目端のきく娘だから、肩こり大黒の家とやらに女中として置いておけば、旦那がどんな女たちを呼び入れているのか知れる。呪詛の話はそれからでも遅くはなかろう」

疑《うたぐ》り深そうなお松の目が、白衣と若草色の袴《はかま》をつけた小娘に向いた。

おけいは十七歳だが極端に背が低い。童女のような蝶々髷《ちょうちょうまげ》を結っていることもあり、大抵は十一、二歳に見られてしまう。しかも美人とは程遠い顔立ちをしていた。頬《ほお》がぷっくりと膨らみ、丸い目は左右に離れて、口が大きい。

どこかアマガエルを思わせるその顔を不憫《ふびん》そうに眺めていたお松は、やがて納得してうなずいた。

「うしろ戸さまの仰せのとおりにいたします」

◉

間口が六間（約十一メートル）もある茜屋の店先には、荷を背負った男たちがひっきりなしに出入りしていた。近ごろ雨が少ないせいか、行きかう人々の蹴立《けた》てる土埃《つちぼこり》で、小柳町の表通りがかすんでしまいそうだ。

袋ものを納めにきた仲買人《なかがいにん》や、買いつけに訪れる小売店の人々に会釈《えしやく》しながら、おけいは乾いた道に打ち水をしていた。

「み、巫女《みこ》さま！」

あわを食った小僧が、茜色の暖簾《のれん》の下から飛び出してきた。

「困ります。巫女さまに水まきなどしていただいては……」

ほかに用はないかと訊《たず》ねるおけいの手から、小僧は柄杓《ひしやく》と手桶《ておけ》を取り上げた。

「いいえ、もう十分でございますから」

どうか客間に戻ってくださいと、拝むように頼まれてしまった。

小僧を困らせても仕方がない。勝手口へまわり、離れの客間に戻ろうとしているところへ、誰かが小走りに追いかけてきた。

「もし、巫女さま」

呼び止めたのは、暖簾と同じ茜色の半纏《はんてん》を着た番頭だった。

「わたしでしたら、けいとお呼び捨てください」

お松と一緒に茜屋までできたおけいは、すでに客間で一時《いつとき》（約二時間）以上を過ごしていた。午後は仕舞《しまい》の稽古《けいこ》があるとかで、お松が慌ただしく出かけてしまったからだ。

亭主の浮気相手を片っ端から呪いたいと毒づいたのに、浮気の見分役として伴ったおけいを残して習いごとへ行ってしまうあたり、お松はかなり気儘《きまま》な性分らしい。

「では、おけいさん。よろしければ店の中をご覧になりませんか。そのうちお松さまもお戻りになると思いますので」

一人にしておくと掃除をはじめてしまう奇妙な小娘の扱いに困ったか、番頭が店を案内してくれるという。

おけいは恐縮しつつも申し出を受けることにした。今後しばらく別宅で茂兵衛に仕えることを考えれば、茜屋の家業について教えてもらえるのはありがたい。

「はじめに店土間のほうから見ていただきます」

番頭は打ち水をしたばかりの店先へと、おけいを連れて行った。

茜色の暖簾の内側には広い土間と板張りの座敷があり、十人ほどの客が上がり口に腰かけたり、座敷に座ったりして品物を吟味《ぎんみ》していた。

袋物問屋として名高い茜屋では、ありとあらゆる袋ものを扱っている。番頭が並べて見せてくれたのは、巾着、鼻紙入れ、煙草入れ、胴乱《どうらん》など、使ったことはなくとも普段から目にしている品ばかりだった。

「とくに女物の巾着には力を入れておりましてね。先代が考案した、絞り口の外に飾りを垂らしたものが、今でもお嬢さまがたのあいだで人気なのですよ」

ひと口に巾着といっても形はさまざまで、底が丸いものや四角いもの、持ち手をつけたものなどもある。素材は安い木綿から豪華な綾《あや》織物まで、使う者の身分や暮らし向きに見合った品を選べるよう取りそろえているのだという。

「では、次の部屋へご案内しましょう」

きれいな巾着に見入ってしまいそうなおけいを、番頭が店の奥へとうながした。

帳場裏は小売りの袋物店や小間物屋《こまもの》へ卸す品物を入れておく内蔵《うちくら》になっている。もうひとつある内蔵の扉を開けた途端、甘辛い虫よけ香《こう》の匂いが濃厚に漂った。

「まあ、すごい。なんてたくさんの……」

広い内蔵に造りつけられた棚には、目もくらみそうに色鮮やかな端《はぎ》切れが布地の種類ごとに仕分けされ、ぎっしりと蓄えられていた。そのあまりの量と多彩さに言葉を失《な》くしてしまったおけいに、番頭が胸をはって言った。

「この端切れは、先々代のころから少しずつ買い集められた茜屋の宝でございます。うちには布地の買いつけをもっぱらとする目利きがおりまして、ご府内《ふない》だけでなく、よそのご城下までも出張《でば》って、掘り出しものの着物や古裂《こぎれ》を探してくるのですよ」

買い集められた品は慎重にほどかれ、染み抜きや洗い張りをほどこされて内蔵に仕舞われる。そしていつの日か袋ものとして生まれかわり、再び世に出てゆくのだ。

「一度は役目を終えた布が、また日の目をみることになるのですね」

「そういうことでございます。さあ、まいりましょう」

感心している暇もなく、おけいは次の部屋へ連れて行かれた。

内蔵を出てすぐ横のふすまを開けると、そこは六畳間をふたつ繋《つな》げた広い作業場になっており、十人ほどの男女が入りまじって縫いものをしていた。男のお針子《はりこ》もいると知って、おけいは少なからず驚いた。

「ここはお針部屋と呼んでいます。茜屋では外に注文して袋ものを作らせるだけでなく、店の中にもお針子を置いて、自前の品を作らせているのです」

ふすまの横にいたお針子が、仕上がり間近の品を見せてくれた。

「ご覧くださいまし。可愛《かわい》らしいものでございましょう」

それは松竹梅を描いた友禅《ゆうぜん》の布で作られた巾着だった。絞り口をぐるりと囲む赤い縮緬《ちりめん》の玉飾りが、紅梅のつぼみに似て愛らしい。きっとどこかのお嬢さんが、正月用に買ってもらう品だろう。

「この次の部屋では仕覆《しふく》を縫っています。隙間《すきま》から眺めるだけにしてください」

そっと中をのぞくと、半白髪《しらが》の男が一人で小さな仕覆を縫っていた。

仕覆とは茶の湯で使う茶入れなどの道具をしまうための袋である。由緒ある茶道具には、それに見合った古裂や唐渡《からわた》りなどの高価な布で仕覆が仕立てられるのだと、おけいは前に世話になった骨董《こっとう》屋の店主から教わったことがある。

「今、お客さまからお預かりした品を仕立てなおしているところです。大そう古くて高価な裂《きれ》が使われていますので、万にひとつも気が抜けないのですよ」

出入り商人を介して持ち込まれる仕覆の中には、大名家所有の名物茶器に付随するものもあり、なおしができるのは、茜屋のなかでもこの初老のお針子だけだという。

「今の旦那さまもよいお針の腕をお持ちです。日々修練を重ねておられますから、そのうち仕覆の仕立ても……おや」

話の途中だったが、にわかにざわついた店表へ番頭が顔を向けた。どうやらお松が仕舞の稽古を終えて戻ったようだ。

走って出迎えた番頭のうしろにいるおけいを見て、お松が怪訝《けげん》な顔をした。

「あら、あなた。まだここにいたの？」

とうに元岩井町の別宅へ行ったものと勝手に思い込んでいたらしく、お松は遅ればせながら目の前の番頭に言った。

「この人ね、今日から例の家に泊まり込んでくださるの。えっ、何のためって……そうね、向こうでお使いとか、お掃除をしていただいたらどうかしら」

まさか亭主の浮気を見張らせるためだと言えないのはわかるが、行き当たりばったりの感は否《いな》めない。ちょうど子供の泣き騒ぐ声が聞こえたこともあり、お松はそれ以上おけいにかかずらおうとはせず、奥の座敷へ行ってしまった。

そんなお松の気儘に慣れているのか、番頭はすぐ簡単な文《ふみ》を書いておけいに持たせると、案内の小僧をつけて店主のいる別宅へ送り出したのだった。

元岩井町の別宅は、茜屋から六町半（約七百メートル）のところにあった。

大黒さまのお化けが出ると聞いていたおけいは、朽ちかけた軒下に破れ提灯《ちょうちん》が下がった、陰気臭いお化け屋敷を思い描いていたのだが、実際に案内されたのは、南に面した日の当たる表店だった。

間口は二間半。真っ白な障子紙が張られた表戸を開けると、かぐわしい風がふうわりと外へ吹き抜けていった。

（あ、お店の内蔵と同じ匂いがする）

風のあとから現れたのは、三十過ぎかと思われる中背の男だった。番頭が書いた文に目を通した男は、案内役の小僧を店に返して、おけいを招き入れた。

入ってみれば、やはり肩こり大黒の家は時代を経ていることがわかった。二間ある座敷のあいだに仕切りはなく、開け放された裏口の向こうで庭木が風に揺れている。座敷はどちらも板張りで、床も、柱も、天井も、どこもかしこも真っ黒に煤《すす》け、囲炉裏《いろり》こそ見当たらないものの、田舎《いなか》の百姓家にきたようだとおけいは思った。

「江戸の町なかでこんな古家は珍しいだろう。とにかく座りなさい」

きょろきょろする小娘に声をかけて、店主の茂兵衛らしき男が板の間に座した。

「さっそくだが、あんたはどこの巫女さんかね。番頭の手紙には『お松に考えがあるようなのでそちらへ行かせる』としか書いてなかったが……」

「下谷の出直し神社からまいりました、けいと申します」

茂兵衛の前で、おけいはかしこまった。

「仔細《しさい》は申し上げられませんが、神社の婆さまとお松さまとの取り決めで、こちらにお仕えするよう仰せつかりました。こんな格好をしていますが、わたしは正式な巫女ではありません。下働きでもなんでもいたしますので、どうぞ台所の隅に置いてくださいませ」

両手をついて頭を下げるおけいの前で、茂兵衛は腕組みをした。

お松は太り肉《じし》だったが、亭主の茂兵衛のほうは明らかに痩《や》せぎすである。頰の肉がこけ、こげ茶色の紬《つむぎ》の袖《そで》からのぞく手首は骨ばっている。それでも貧相に見えないのは、落ち着いた物腰と、窪《くぼ》んだ眼窩《がんか》の底にある清々とした眼差《まなざ》しのせいだろう。

「――わかった」

しばらくして、自分に言い聞かせるかのように茂兵衛がうなずいた。

「お松が決めたのなら仕方がない。二階が空いているから好きな部屋を使うといい。あとで布団を持ってこさせよう」

こうしておけいは、肩こり大黒の家で暮らすことになったのだった。

◘

裏庭で萩《はぎ》の蕾《つぼみ》がほころびかけていた。紅色の小花が咲きそろった細い枝がこんもり垂れるさまは秋らしくてよいものだが、まだ八月上旬とあって満開には遠い。

おけいは井戸端で何枚もの雑巾を洗って家の中に戻った。

別宅にきて今日で五日目。その間おけいの手で念入りに磨かれた板張りの座敷は、一層のつやが加わって黒光りを放っていた。土間と座敷のあいだにある太くて丸い柱などは、人の顔が映り込むほどだ。

ここまで磨きたおしてしまうほど、おけいは暇を持てあましていた。

茂兵衛が別宅にいるとき、食事は店の小僧が運んでくることになっている。ついでに汚れものを持ち帰ってしまうので洗濯もしなくてよい。朝一番に水瓶《みずがめ》を満たし、家中の掃除をしてしまえば、それで一日の用は終わってしまう。

早くも今日の仕事をすませたおけいは、塵《ちり》ひとつ落ちていない座敷で考えた。

ここへきた本当の目的は茂兵衛の浮気を見張ることだが、今のところ別宅を訪れた女は一人もいない。訪ねてくるのは男のみ。見まわり中の定町廻り《じょうまちまわ》同心と、茂兵衛のかかりつけだという若い医者、それに胡散臭《うさんくさ》い山伏の三人である。

(今のうちに、婆さまのお言いつけを何とかしたいのだけど……)

じつは、お松と一緒に出直し神社を出てくる際、おけいはもうひとつの役目をうしろ戸の婆から言いつかっていた。

『大黒さまの肩の荷をおろしておいで』

婆がそう言うからには、先方へ行きさえすれば、すぐにでも大黒さまのお化けに会えるものと思っていた。ところが別宅の二階で寝るようになっても、肩をこらせた大黒さまはおけいの前に現れてくれなかった。

(二階には上がってこないのかしら。だったら階下で寝れば……)

下の座敷は茂兵衛が使っている。しかし、足しげく通って泊まり込むとはいえ、茂兵衛は茜屋の店主だ。たびたび店に戻って店主としての用を片《かた》さなくてはならないし、三日に一度は女房や子供たちのもとで寝起きする。

そこで、茂兵衛が別宅に泊まらない晩を待って、下の座敷で寝てみることにした。

子供のころから何度も奉公先を失い、寺の軒下を借りて眠ったこともあるおけいは、むやみに怪異を恐れたりしない。横になって大黒さまの訪れを待つうち寝入ってしまったのか、気がついたら朝だった。昨夜も茂兵衛がいない座敷に布団を敷いて寝てみたが、やはり夢すら見ることなく、ぐっすり眠っただけだった。

今回のお役目の厄介なところに、おけいはようやく気がついた。夢にせよ現《うつつ》にせよ、大黒さまと会わずして肩の荷をおろしてやることはできないのだ。

頭を悩ませているところへ、からりと表戸を開けて茂兵衛が戻ってきた。

「お帰りなさいまし」

上がり口で出迎えたおけいに、茂兵衛はお付きの小僧から受け取ったふたつの風呂敷包《ふろしき》みのうち、小さいほうを手渡して言った。

「あんたの昼餉《ひるげ》だ。私は店ですませてきたから、薬湯《やくとう》の支度だけ頼むよ」

「承知いたしました。頂戴いたします」

おけいは裏の台所で湯を沸かしながら、ありがたく昼餉をいただいた。店を離れた別宅にいて、しかも新参の女中が欠かさず飯にありつけるのは、かつて自分も奉公人だった茂兵衛が気を配ってくれるからにほかならない。

大きな握り飯を食べてしまうころ、七輪《しちりん》にかけておいた土瓶《どびん》が湯気を上げた。おけいは茶筒《ちゃづつ》の中から薬湯の小袋を取り出して、茂兵衛に声をかけた。

「旦那さま、お薬を湯に入れますが、よろしいでしょうか」

座敷から諾の返事があった。薬の袋を土瓶の中に入れておけば、あとは茂兵衛がほどよい濃さまで薬湯を煮出す。

この薬湯には、肩のこわばりをやわらげる効用がある。しつこい肩こりに悩まされる茂兵衛のため、かかりつけの諒白《りょうはく》医師が処方したものだ。

「あと小半時（約三十分）は煮出しておいて大丈夫だ」

火加減を見にきた茂兵衛は、土瓶を火にかけたまま座敷に戻った。おけいも来るよう言われて座敷に上がると、色も模様も異なる端切れが床一面に広げてあった。

「どうだい、きれいだろう」

「はい、とても」

茜屋の内蔵から持ち出したと思われる端切れは、一枚一枚が木の葉のように小さかった。

茂兵衛は別宅にいるあいだ、四角や三角などの形に切った布を、針と糸を使って接《は》ぎ合わせているのだが、これほど細かな手仕事を続けたら、肩がこるのは当然かもしれない。

「私は慣れているからね。今さら縫いもので肩をこらせたりしないよ」

こちらの考えていることがわかったか、茂兵衛は端切れで模様を組みながら言った。

「この家で寝るようになってからだ。肩がこると感じたのは」

「では、やはり大黒さまが……」

思わず口走ったおけいに、茂兵衛は軽く微笑《ほほえ》んでみせた。

「あの噂を知っていたのかい。だったら私がいない晩は一人で怖かっただろう」

「いいえ、平気です」

おけいは自分の身の上を手短に話した。生まれてすぐ里子に出され、育ての親とも八歳で死に別れて奉公に出たことや、行く先のお店が次から次へつぶれてしまい、新しい奉公先が見つからないときは、お寺の軒下を借りて眠っていたことなど。

「今はご縁があって神社にお仕えしていますが、それまではお墓のそばで寝たこともあります。お化けなど怖がってはいられなかったのです」

そうか、あんたも苦労したのだね……と、茂兵衛が深くため息をついた。

「なら隠さず話してしまうが、ここは本当のお化け屋敷だ。私が布団を敷いて横になると、かならず大黒さまのあやかしが現れるのだから」

枕《まくら》もとに立つ大黒天は、なぜか全身黒ずくめである。顔も手足も、白いはずの着物や、肩にかけた大きな袋まで黒い。その真っ黒い顔が茂兵衛を見下ろして訴える。

——おい、肩がこったぞ。

いつもそこで目が覚める。夢なのか本当の出来事なのかは定かでないが、起き上がったときには自分の肩がずっしりと重くなっているという。

「前の借家人たちも同じことを言って出ていったそうだ。借り手がつかない家に若い連中が肝だめしのつもりで上がり込むのは困るから、差配《さはい》の伝次郎《でんじろう》さんに見張りを頼んだこともあったのだが……」

差配とは、家主に代わって貸家の管理や借家人の世話をする生業《なりわい》のことである。

しっかり者の差配として評判の高い伝次郎だったが、お化けの出る家で夜を過ごすことだけは勘弁願いたいと尻込《しりご》みした。茜屋の手代や小僧たちも気味悪く思っているのが見てとれたので、茂兵衛が自ら泊まり込むようになったというわけだ。

「旦那さまは、怖くないのですか」

おけいの真っすぐな問いに、茂兵衛が目を細める。

「まあね。ここには伯父が住んでいたが、優しかった母の生家でもあることだし」

はじめは見張り番のつもりだった茂兵衛だが、縫いものに没頭できる静かな場所が欲しいと考えていたこともあり、借り手がないなら自分が別宅として使うと決めたのだった。

「ここにいると仕事がはかどる。ただし、ひどい肩こりには閉口しているがね」

茂兵衛はそう言って笑い、薬湯の煮出し加減を見に行った。

結局、その日も別宅を訪れる女はいなかった。

◉

「もうし、御免。御免くだされ」

別宅へきて七日目の朝、床の雑巾がけをしているおけいの耳に、覚えのある声が聞こえてきた。急いで表戸を開けてみれば、白い鈴懸衣《すずかけごろも》を着て、頭に兜巾《ときん》をかぶった山伏が目の前に立っていた。

「わしは大峰山《おおみねさん》で修行を積んだ泰山坊《たいざんぼう》である。ご主人さまはおいでかな」

あいにく主人は出かけましたと答えても、泰山坊は立ち去ろうとはせず、首にかけていた大玉の数珠をはずして、じゃらじゃら手の内で揉み合わせた。

「ううむ、感じる。強い妖気を感じるぞ。この家には悪霊《あくりょう》が巣くっておる」

下がっておれ、と言われておけいが脇へよけると、泰山坊は開け放した家の中へ向かって祈りはじめた。

「のーまくさんまんだーばーさらだんかん、のーまくさんまんだーばーさら……」

同じ呪文《じゅもん》を三回繰り返したのち、えいっ、えいっ、えいっ、と指先で宙に梵字《ぼんじ》をきざむ。

これでいつもの儀式は終わりである。

「霊験《れいげん》あらたかな真言《しんごん》を唱えておいたゆえ、今日明日の大禍《たいか》は避けられよう」

「ありがとう存じます」

おけいが袖から出した懐紙《かいし》の包みを、泰山坊が素早く受け取った。

「ご主人が戻られたら伝えるがよい。いずれ大護摩《おおごま》を焚いて悪《あ》しき霊を祓《はら》わねば、家の主《あるじ》に大きな厄災が降りかかるであろうとな」

かならず申し伝えます、と、おけいが神妙に頭を下げる。

「では、これにて」

悠然とした足取りで泰山坊は歩み去った。

茂兵衛から聞いた話では、ふた月ほど前から泰山坊と名乗る山伏がたびたび別宅を訪れ、悪霊が棲みついていると言っては、勝手に真言を唱えるようになった。いくばくかの銭を包んで差し出せば立ち去るが、またすぐにやって来るという。

もし自分がいないときに現れても、無理に追い払うことはない。これを渡して機嫌よくお帰りいただくようにと、心づけの銭を預かっている。おけいが応対したのはこれで三度目だが、また三日もすれば家の前に立つのだろう。

すると今度は、泰山坊とは逆のほうから大柄な男がやってきた。着流しに短い黒紋つきの羽織と、朱房《しゆぶさ》の十手《じつて》を懐《ふところ》にのぞかせた姿は、定町廻り同心の依田《よだ》丑之助《うしのすけ》である。

「依田さま、お見まわりお疲れさまです」

「よう、茜屋の旦那は在宿《ざいしゅく》かい」

今朝は店へ行って、まだこちらに戻っていないと答えると、丑之助はその名にふさわしい牛のような太い首をひねって、戸を開けたままの家をのぞき込んだ。

「店と別宅とを行ったりきたりで茂兵衛さんも忙しいことだ。よほどあやかしと気が合うらしいが、おけいさんはどうだ。もう大黒さまと懇意《こんい》になったのかい」

「あいにく奉公人の前には気安く現れてくださいませんようで、まだご挨拶もすませておりません」

真面目《まじめ》くさった答えに、丑之助はごつい身体を二つに折って笑った。

「はは、そりゃいい。茂兵衛さんみたいに肩こりで医者にかかるのも困るからな」

中でお茶を差し上げましょうかと勧めるおけいに、同心が真顔で言った。

「茶は結構だ。それより泥棒や押し売りの輩《やから》には気をつけるんだぞ。何かあったら自身番屋に駆け込めばいいから」

茜屋の店主が肩こり大黒の家に一人で寝泊まりしていることは、もう近隣に知れ渡っている。不用心だと忠告しても当人は意に介さない。ようやく手もとに置いたのが、子供にしか見えない小柄なおけいでは、かえって丑之助の心配が増したのだろう。

「気をつけます。お化けより生身の人のほうが怖いですから」

「頼んだぞ」

何度も念をおして、丑之助は次の見まわり先へと去っていった。


茂兵衛が別宅に戻ったのは、夕方の七つ（午後四時ごろ）前だった。

「いま帰ったよ。とくに変わりはなかったかい」

「はい。とりたてて変わったことはございませんが」

朝のうちに山伏の泰山坊と、定町廻り同心の依田丑之助がきたというおけいの話に、茂兵衛は店から持ち帰った端切れを並べながら耳を傾けた。

「山伏はともかく、依田さまが気にかけてくださるのはありがたいことだ。師走《しわす》にまとまったものをお届けするつもりでいたが、その前にも何かしておきたいな」

ちょうど諒白先生に袋ものを作って差し上げようと考えていたところだし……、と、最後はつぶやきになった茂兵衛のひとり言を、おけいは聞き逃さなかった。

「諒白先生に何をお作りするのですかっ」

意気込む小娘に、茂兵衛は笑いながら手もとにあった端切れを見せてくれた。濃紺の地に銀糸で細かな青海波《せいがいは》と吉祥文《きっしょうもん》を織り出した、銀襴《ぎんらん》と呼ばれる織物だ。

「これを使って刀袋を作ってみようかと思ってね。男の方には煙草入れを差し上げることが多いのだが、先生は煙草をたしなまれないから」

刀袋とは文字どおり刀を入れておく袋のことである。武家の出だという諒白医師は、往診で外を歩くとき、いつも袋に入れた脇差《わきざし》を帯びていた。

茂兵衛が聞いた話によると、あの刀は武家の格式を保つための飾りでしかなく、他者を傷つける意図がないことを示すため、あえて袋に入れて持ち歩いているらしい。

「先生はお旗本だから格の高い銀襴を選んでみた。依田さまにはこちらの緞子《どんす》で紙入れでもお作りしようと思うが……いや、ちょっと地味かな」

紙入れとは懐紙を入れて持ち歩くための小袋で、実際には紙だけでなく、小銭や丸薬《がんやく》、楊枝《ようじ》などの小物をまとめて入れておくことが多い。

とにかく袋ものに使う端切れを選んでいるときの茂兵衛は、心の底から楽しそうだった。この表地にはどんな裏布を合わせればよいか、かたちを保たせるための芯地《しんじ》は入れるべきか否か――。あれこれ考えをめぐらせながら目を輝かせる。

没頭する茂兵衛の邪魔にならないよう、おけいが席を外そうとしているところへ、誰かが表戸を開けて入ってきた。噂をすれば影である。

「諒白先生がお見えになりました」

「おお、そうだ。今日は往診があるから、こちらに戻ってきたのだった」

茂兵衛は慌てて目の前の端切れをかきあつめ、柳行李《やなぎごうり》の中に隠した。

「刀袋の話は内緒だよ。先生をびっくりさせたいからね」

子供のような茂兵衛の言葉につい笑みを浮かべながら、おけいは上がり口にかしこまって諒白を出迎えた。

「先生、ご足労さまでございます」

「あなたは、確か、おけいさんでしたね」

顔を合わせるのはまだ二度目だというのに、自分の顔と名前を憶《おぼ》えていてくれた。それだけのことで、おけいは舞い上がってしまいそうだ。

「ど、どうぞ、お上がりください」

熟し柿のような頬の娘に微笑んでみせる諒白は、まだ二十八の若い医師だった。すらりとした身体に縞《しま》の袴と黒羽織がよく映り、月代《さかやき》を剃《そ》っていない頭頂に髷《まげ》を結んだ総髪が、ことのほか似合っている。

なによりおけいをぼうっとさせたのは、諒白の端整な顔立ちだった。すっきりと細い眉に涼しげな目もと、かたちのよい鼻梁《びりょう》。ともすると薄情そうな薄い唇さえ、清廉な若医者には似つかわしく見えてしまう。診療所がある松枝町《まつえだちょう》の界隈《かいわい》だけでなく、日本橋《にほんばし》や駿河台《するがだい》、もっと遠方の奥方たちまで呼び寄せたがるというのもうなずける。

「これは先生。お忙しいなか、ありがとう存じます」

「調子はいかがです。顔色はいいようですが」

おけいが手早く敷いた布団の上で、茂兵衛が仰向《あおむ》けになった。

諒白は本科（内科）の医者である。時間をかけて手首の脈をみたのち、腹のあちこちを軽く押さえながら体調について、とくに肩のこりについて訊ねた。

「それが、薬湯を飲んだあとは少し楽になるのですが……」

大黒さまのお化けが出たら元の木阿弥《もくあみ》だとは、さすがに言えないようだ。

「薬を飲みはじめた二か月前と比べてどうですか」

「う、うーん……」

「よくなっていないのですね」

返答に窮《きゆう》する茂兵衛の代わりに、諒白が自ら答えた。

「薬が効いたと思えないなら、はっきりそう言ってくださったほうがいいのです。茜屋さんの身代《しんだい》に響くほどではないでしょうが、効かないものに金子《きんす》を払って飲み続けても仕方がない。薬より鍼療治《はりりようじ》が合う人もいますし、揉み療治という手もあります」

「いえいえ、先生。そんな……」

茂兵衛はあせっているが、自分の治療だけが正しいと言いきらない諒白の態度を、おけいは医者として立派だと思った。

結局、もうしばらく薬湯を続けてみることで話が落ち着いた。

その晩、暮れ六《む》つ（午後六時ごろ）の鐘が鳴るころ、一丁の駕籠《かご》が茂兵衛を迎えにきた。

「では、行ってくるよ。こちらに戻るのは明日の午後になるからね」

駕籠はゆっくりと柳橋を目指して遠ざかっていった。

今夜は大切なお得意さまである小間物屋の旦那衆を招いた宴席があり、ひと足先に料亭に入ったお松が座をしつらえて待っているという。お嬢さま育ちの気儘なお松だが、こういうときには奉公人あがりの茂兵衛を支えてくれる頼もしい女房なのだろう。

「おけいさん。もし、おけいさん」

駕籠を見送って家に入ろうとした背中に、小声で呼びかける者がある。振り返ったおけいの前に現れたのは、茜屋で〈侍女《じじょ》どの〉と呼ばれているお松の側《そば》女中だった。

「今日は私が夕餉《ゆうげ》をお持ちしました」

声をひそめる侍女どのは、礼を言って包みを受け取るおけいの耳もとで訊ねた。

「で、どうなんです。七日経《た》ちましたけど、何人の女が旦那さまと……」

今日までの首尾を聞いてくるよう、お松につかわされてきたらしいが、生憎《あいにく》と言うべきか、幸いなのか、今のところ別宅を訪ねてきた女は一人もいない。それらしい者を家のまわりで見かけたこともないと、おけいはありのままを答えた。

「あらぁ、おかしいですねぇ」

四十年配の侍女どのは、下ぶくれの白い顔を大げさにしかめた。

「私が話を聞いたご近所さまによると、毎晩のように若い娘や玄人《くろうと》らしい女が出入りしているはずなのですけど」

そう言われてても、おけいが別宅にきてからというもの、訪れるのは男ばかりで、隣近所のおかみさんが醬油《しょうゆ》を借りにきたことすらない。

「とにかく、気を抜かずに見張りを続けてくださいまし」

侍女どのは首をかしげつつ、おけいに釘《くぎ》をさして帰っていった。

●

「もうし、御免。御免くだされ」

まだ朝も早いというのに、表戸の前で呼ばわる声がした。山伏の泰山坊が二日を置いてやってきたのだ。

「おけいさん。すまないが、これを――」

座敷に端切れを並べて考え込んでいた茂兵衛が、小銭の包みをおけいに渡した。

外では泰山坊が数珠を手に待ち構えており、おけいの顔を見るなり呪文を唱えだした。

「――のーまくさんまんだーばーさらだんかん。えいっ、えいっ、えいっ！」

気合とともに二本の指で宙に梵字が切られるのを待ち、礼を言って包みを渡す。

「これは恐れ入る。で、ご主人はお留守かな」

主人は奥で仕事中だと答えるおけいに、泰山坊がいつもの決まり文句を告げる。

「では伝えおくがよい。この家《や》には禍々《まがまが》しき悪霊が棲みついておる。大護摩を焚いて祓わねば、遠からず大きな厄災が降りかかるであろうとな」

かならず申し伝えますと答えて、おけいは家の中に戻った。

奥の座敷では、茂兵衛が細かく切った端切れとにらめっこをしていた。

「お帰りになったかい」

「はい。大護摩を焚いてお祓いをするよう言い残して帰られました」

「気にすることはないよ。うちに大黒さまのお化けがいることは有名だからね。よい稼ぎになると思って祈禱《きとう》を勧めるのだろう」

お化けに苦しめられてもまったく祓う気をみせない茂兵衛は、床の上に小さな端切れを並べて、さまざまな模様を組んでいた。

二色の四角い布を交互に組み合わせた市松《いちまつ》模様ならおけいも知っているが、茂兵衛が何度も並べ方を変えて思案しているのは、三角の布を使った複雑な模様組みだった。同じ三角でも向きを揃《そろ》えて並べれば鱗《うろこ》模様になるし、色違いの二枚を接《は》いで四角を作り、方向を変えて組み合わせれば、風車など何通りもの別模様になる。

「ほんの一寸（約三センチ）足らずの端切れでも、接ぎ合わせることで美しい模様組みができる。ほら、こんなふうに」

茂兵衛が柳行李から取り出したのは、紫色の布を使った巾着だった。上のほうは濃紫《こむらさき》の縮緬で、裾《すそ》に近いあたりには亀甲《きっこう》形の友禅が二段重ねに取り巻いてある。

「可愛い！　亀甲形のひとつひとつに、ちゃんとお花の柄が入っているのですね」

おけいは巾着を間近に見て歓声を上げた。

「友禅には小花がていねいに描き込まれてあるものが多いから、絵柄をうまく切り抜いてやれば、接ぎ合わせたときに一層の可憐《かれん》さを楽しめるのだよ」

茂兵衛は手の上の巾着を、さも愛《いと》おしそうになでた。友禅だけではなく、地味な紬や木綿絣《がすり》でも、色柄の組み合わせ次第で面白い風合いが生まれるのだという。

「どうだね。針が持てるなら、おけいさんも何かひとつ縫ってみては」

「えっ、わたしが……？」

おけいは驚いた。正直なところ裁縫はあまり得手《えて》ではない。せいぜい自分の肌着が縫える程度なのだが、それでもやってごらんと茂兵衛は勧めてくれた。

「この行李に入っている布ならどれを使ってくれてもかまわないから、最初は簡単なものを縫ってみるといい」

渡された行李の中には、緞子《どんす》の切れ端のほかに、縮緬や縞の木綿などの布が詰め込まれている。お針などめっそうもないと思っていたおけいだが、布を手に取って眺めているうち、小さな守り袋くらいなら自分にも縫えそうな気がしてきた。

「いいね。守り袋が縫えるようになれば、神社に戻ってからも役に立つだろう」

さっそく茂兵衛は布の選び方や裁《た》ち方を教えてくれた。

なぜ自分のような者にそこまで親切にしてくれるのか気になるおけいに、茂兵衛は手早く見本の守り袋を縫いながら言った。

「夫婦のいざこざに巻き込んでしまったようだし、申し訳ないと思ってね」

「えっ、というと」

茂兵衛は針を待つ手を止めずに苦笑した。

「私がどこの女と遊んでいるか確かめてこいとお松に頼まれた。そうだろう?」

「…………」

まともに言い当てられては誤魔化すこともできない。

おけいは仕方なく、茜屋の侍女どのが別宅に大勢の女たちが出入りしているという噂話を聞いたことや、自分がそれを確かめにきたことなどを明かした。

「せっかくだが、私は女を呼び入れたりしていない。侍女どのが噂話を聞いた相手というのは、たぶんこの先にある下駄《げた》屋の娘さんだろうな」

下駄屋の娘は近所でも有名な嘘《うそ》つきで、年中デタラメを言い歩くものだから、元岩井町に住む者は誰もまともに取り合わない。そんな事情など知らない侍女どのが、娘の嘘を鵜《う》呑《の》みにしてお松に伝えてしまったのだ。

侍女どのには存外ものぐさなところがあり、もっと別の者にも話を聞いてみようとは思わなかったようだが、迷惑なことだと茂兵衛は笑った。

「お松は自分の子守りだった侍女どのを信頼しているから、私がこの家で浮気をしていると思い込んだに違いない。悪いが、おけいさん。もうしばらく私を見張っておくれ。ひと月も見張りを続けたら、本当に女の出入りがないとお松も信じるだろう」

「承知いたしました」

おけいは胸をなでおろした。茂兵衛の口からお松を裏切ってなどいないと聞けたことにも安堵《あんど》したし、月末まで猶予があれば、もうひとつの役目を果たせるかもしれない。

それにしても、大黒さまのお化けにはどうやって会えばよいのだろうか……。

◉

八月十三日の朝、今日は実家の墓参りに出かけるという茂兵衛に誘われ、おけいも同行することになった。

秋らしく澄み渡った空の下、おけいが小さな風呂敷包みを抱えて茂兵衛のうしろを歩いていると、山伏の一団が神田川に架かる橋を渡って来るのが見えた。

〽ざーんげ、ざんげ、ろっこーんしょうじょう

鈴懸衣《すずかけごろも》に兜巾《ときん》をかぶった山伏たちは、唄のようなものを唱えながら昌平橋《しょうへいばし》のたもとでおけいたちとすれ違い、日本橋へ続く目抜き通りに向かってゆく。

「近ごろ山伏や強力《ごうりき》たちをよく見かけるね」

白装束《しょうぞく》の一団を見送るおけいに、茂兵衛が足を止めて言った。

「うちの店の近所にも、子供が悪霊に取り憑《つ》かれたとかで大騒ぎをした家があって、山伏を呼んで護摩を焚いたらしいが……」

その話ならおけいも耳にした。別宅にはしばしば泰山坊が顔を出し、大護摩を焚けと勧めるが、今すれ違った一団の中に泰山坊はいなかったようだ。

「さあ、行こう。途中で寄りたいところもあるから」

茂兵衛にうながされて先を急ぐ。

実家の墓は伝通院《でんづういん》の奥まった別院にあると聞いていた。昌平橋を渡って湯島《ゆしま》聖堂の坂道を抜け、小石川《こいしかわ》を目指して歩けば近道のはずだが、茂兵衛はわざわざ遠まわりをして伝通院の門前町に立ち寄った。

伝通院と通称される寺の正式な名は寿経寺《じゅきょうじ》である。神君家康《いえやす》公の生母・於大《おだい》の方《かた》が葬られて以降、その法名にちなんで広く伝通院と呼ばれるようになったのだ。

朝から参拝客で賑《にぎ》わう門前町で、茂兵衛は大きな小間物屋の暖簾をくぐった。軒下に置かれた店台に、煎餅《せんべい》や佃煮《つくだに》の入った袋、子供の玩具《がんぐ》などが山積みされているところをみると、土産物《みやげもの》屋を兼ねた商いをしているらしい。

おけいが店台を眺めているあいだに、茂兵衛は奥まで入って棚に並んだ袋ものを見ていたが、すぐ外へ出てきて残念そうに首を振った。

「以前はこの店でもうちの品物が売られていたのだが、もう扱ってはいないようだ。似たような袋ものを並べているが、裁ちも縫いもお粗末な品ばかりだよ」

確かに店台の乱雑さを見るかぎり、熟練の職人たちが丹精込めて縫い上げた品物を売る店とは思えない。

少し先にも巾着や紙入れを置いている小店があった。茂兵衛は店に入ったまま、今度はしばらく出てこなかった。おけいがそっと様子をうかがってみると、柿渋《かきしぶ》染めの巾着を手にした店主らしき男と話し込んでいる。

「やあ、待たせてしまったね」

ようやく出てきた茂兵衛は、さっきより表情が明るかった。

「ここは袋ものだけを扱っている老舗《しにせ》でね。柿渋の布を接ぎ合わせた巾着が年配の奥方たちに好評らしくて、次は多めに仕入れると言ってくれた」

そんな話を聞くと、おけいまで嬉《うれ》しくなる。

茂兵衛は門前町の参道を歩きながら、袋ものを置いていそうな店をのぞくだけでなく、道行く人々の持ちものにまで目を配った。

「ごらん、向こうから来る若い男の腰に下がっている胴乱《どうらん》、あれは深川《ふかがわ》の渥美屋《あつみや》さんが手掛けた品だ。革の胴乱を作らせて渥美屋さんの右に出る店はないのだよ」

革や布で作られた胴乱は、もとは鉄砲の玉を入れて腰に結びつける袋だった。それが戦国乱世の時代から二百年が過ぎた今では、銭や煙草などを入れる洒落《しゃれ》た小物として、いなせな江戸っ子たちに愛用されている。

「ほら、そこの店から出てきた娘さんたちは、三人ともうちの巾着を提げている」

おけいには他店の品との区別などつく由《よし》もないが、茂兵衛はひと目で茜屋が扱ったものを見分けた。

とにかく茂兵衛は袋ものに目がなかった。珍しい金唐革《きんからかわ》の煙草入れを手にした男のあとを追って今きたばかりの道を引き返しそうになり、おけいが慌てて止めたほどだ。

人通りの多い山門の前を離れ、墓所へと続く静かな脇道にさしかかると、しだいに茂兵衛もいつもの落ち着きを取り戻していった。

（ああ、今日はよい墓参日和《びより》だわ。空があんなに青くて高い）

ほっとして天を仰ぐおけいを追い越した赤トンボが、道端の真っ赤な彼岸花《ひがんばな》にとまって羽を休めた。死人花《しびとばな》とか、ゆうれい花とか、不吉な異名《いみょう》で呼ばれる彼岸花が群れ咲いているということは、すぐ近くに墓所があるのだろう。

「おーい、おけいさん。こっちだ、こっち」

道端の花に気をとられ、うっかり墓所の入口を過ぎかけたおけいは、茂兵衛に呼ばれて築地塀《ついじべい》の板戸をくぐった。

そこは思いのほか広々とした墓地で、ざっと見渡しただけでも大小とりまぜて数百基の墓石が立っていた。ただし手入れは行き届いていないらしく、あちこちに夏の名残《なごり》の草が生い茂っている。

茂兵衛が堂宇《どうう》へ顔を出しているあいだに、おけいは墓石をきれいに洗った。

教えられた墓石は全部で三基。右端は苔《こけ》むした古い石で、左端はそれよりずっと新しい。どちらも高さが四尺（約百二十センチ）ほどの立派なものだ。そしてもうひとつ、左右の二基に挟まれて、子供の頭ほどの丸い石がうずくまっていた。

（これも、どなたかのお墓なのかしら）

丸い石には戒名《かいみょう》はおろか、俗名すら刻まれていなかった。ここが墓所でなければ、とうに漬物石として持ち去られていたことだろう。

おけいは分け隔てなく墓石を清めることにして、はびこっている草も引き抜いた。

持参した饅頭《まんじゅう》を皿にのせて供えるころ、住職に挨拶をすませた茂兵衛が戻ってきた。

「見違えるほどきれいになったね。どうもありがとう」

礼を言って線香に火をつけるうしろで、おけいも一緒に手を合わせる。

お参りがすんでも茂兵衛はすぐにその場を動こうとはせず、墓石を指さしながら赤の他人のおけいを相手に、自分の身内について語りだした。

「右の古い墓には私の祖父母が眠っている。どちらも早死にしたそうだから四十年以上は経っているだろう。こちらの新しいのは母のものだ。亡くなってちょうど二十年になるが、まともな墓を建ててやれたのは三年前のことだよ」

母親のおこまは、茂兵衛が別宅として使っている元岩井町の表店で生まれた。幼いうちはなんの不足もない暮らしだったらしいが、古手屋《ふるて》を商っていた両親が相次いで亡くなると、家業を継いだ兄の手に委ねられた。

ひとまわりも歳が離れた兄の宗助《そうすけ》は、妹を大切に育てた。ところが、おこまが十七歳のとき、自分に断りなく若い男と夫婦《めおと》約束を交わしたと知って激怒し、それまで溺愛《できあい》していた妹を家から叩《たた》き出してしまった。

「一方的に縁を切られた母は、父と所帯をもって私を産んだ。けれども私の父は決まった仕事がないうえに稼ぎが悪くて、ある年の瀬、一攫千金《いっかく》をねらって山師についていったきり二度と帰ってこなかった。実家に戻りたくても戻れない母は、夜中まで縫いものの内職をして、私を女手ひとつで育ててくれた」

茂兵衛は子供のころ、実家の兄に会いに行くというおこまのあとを、こっそりつけたことがある。おこまは涙ながらに何かを訴えており、宗助は怖い顔で妹を追い返していた。

「私が大病を患ったあとのことで、母は薬代を払うために伯父を頼ろうとしたのだと思う。よくよく困ってのことだったろうに、それをあんな邪険に……」

母親の鼻先でぴしゃりと戸を閉めた宗助を、茂兵衛は子供心に憎んだ。しかも、そのことがあってすぐ、母親が二十八歳の若さで急逝してしまった。

されればこそ、今から三年前に宗助が亡くなったと知ったときは露《つゆ》ほども悲しいと思わなかったし、古い家を譲り受けたところで感謝の気持ちも湧《わ》かなかった。

ただ一人の甥《おい》として、独り身だった伯父の埋葬には立ち会った。しかし、この機会に母親の墓を立派なものに建て替えることは思いついても、伯父のためには卒塔婆《そとば》一本立ててやる気になれず、それまで母親の墓代わりだった丸石を使いまわした。

「だって仕方がないよ。そうだろう、宗助伯父さん」

どこか空々しい口調で、茂兵衛は丸い石に語りかけた。

「あのとき少しでもおっ母《か》さんや私に優しくしてくれていたら、伯父さんだって今ごろは立派な墓の下で眠れたのにね」

傍《はた》で聞いていて、おけいは胸が苦しくなった。

本来の茂兵衛は親切で心の温かい男だ。それなのに、すでに故人となった伯父に意趣返しをしている姿はあまりに切ない。

「また近いうちにきますよ、おっ母さん」

泉下《せんか》の母親に暇《いとま》を告げて、茂兵衛は立ち上がった。

日はいつしか天頂に差しかかり、汗ばむほどの陽気になっていた。まだ盆からひと月しか経たないせいか、墓参りに訪れる人はまばらで、供えものを漁《あさ》りにきたカラスが、そこかしこの墓石の上で眠そうにしている。

茂兵衛のあとに続いて築地塀のくぐり戸へ向かっていたおけいは、敷地の奥から響いた大声に驚いて振り返った。

「こらーっ、クソ爺《じじ》ぃ。待ちやがれ！」

寺男らしき男が怒鳴りながら誰かを追っている。墓石の隙間を見え隠れしながら逃げてくるのは、ひょろりとした細身の男だ。粗末な身なりで何かを抱えているところをみると、供えものを持ち去ろうとする物乞いらしい。

「こいつ、今日こそは逃がさねえ」

こちらに向かって駆けてきた物乞いは、おけいたちの目の前で寺男につかまった。見れば骸骨《がいこつ》のように瘦せこけた老人である。

「そいつを返せ」

「嫌じゃ。これはわしのものじゃ」

地面に座り込んだ老人が抱えているのは、五合《ごんごう》入りの徳利《とくり》だった。酒好きだった故人の墓に供えられていたのだろうが、お下がりの酒は、墓の世話を任されている寺男が役得として楽しみにしているものだ。

「いつも目を離した隙にかっぱらいやがって。ほら、返せというのに」

なかなか徳利を離そうとしない老人に業を煮やしたか、寺男は着物の襟をつかんで引き倒し、骨と皮ばかりの背中を蹴りつけた。

「あ、イタタ。これ、よさんか」

「お年寄りに乱暴しないでください」

おけいが見かねて止めに入ったが、寺男は聞く耳をもたない。

「うるさい、ここは寺だぞ。巫女の出る幕じゃねえ！」

怒りにまかせておけいまで足蹴《あしげ》にしようとした、そこへ——、

「うわっ、痛《いて》ぇ！」

黒い矢のように飛んできたカラスが寺男の頭を突っつき、そのまま空へ舞い上がった。

不意をくらった寺男は、頭を抱えて地面に転がっている。

突っつかれた本人も、徳利を抱いた老人も、目の前で見ていたはずの茂兵衛も、何が起こったかわからずポカンとするなか、おけいだけがその正体を見定めた。

（カラスじゃない。あれは閑九郎《かんくろう》だわ）

閑九郎とは、貧乏神の使いとされる閑古鳥《かんこどり》の名前である。常人には見えない鳥だが、出直し神社で貧乏神をお祀《まつ》りしているうしろ戸の婆と、婆を手伝うおけいにだけは、その姿がはっきり見えるのだ。

カラスよりひとまわり小さく、真っ黒な羽に白い眉毛を生やした閑古鳥は、おけいの無

事を確かめるように墓所の上をひと巡りすると、東の空へ飛んでいった。

「大丈夫ですか。よく見えませんでしたが、スズメバチかもしれませんね」

頭を押さえて痛がる寺男に、茂兵衛が手巾《しゅきん》を差し出した。よく見ると、手巾の下に心づけを包んだ懐紙が重ねられている。

「久しぶりに墓参をして、心安らかなまま帰りたいと思います。仲裁はときの氏神《うじがみ》と申しますし、今日のところはこれで……」

「こ、こりゃどうも、旦那。ついカッとしちまって」

相手の身なりのよさから懐紙の中身を推し量ったか、もう寺男は老人になど目もくれようとせず、さっさとその場からいなくなった。

「お怪我《けが》はありませんか、おじいさん」

おけいが助け起こすより先に、老人は自力で立ち上がった。

「ふん。ろくに墓の草も抜かんくせに、酒となると目の色を変えおるわ」

改めて見ても痩せた老人だった。筒袖《つつそで》の短い着物に膝切りを身につけ、裸足《はだし》の足は埃だらけである。白鼠《しろねずみ》色の蓬髪《ほうはつ》と顎髭《あごひげ》を長く伸ばした姿も物乞いに違いないのだが、なぜかひ弱さや惨めさは微塵《みじん》も感じさせなかった。

「おぬしらの名前を聞いておこう」

しかも、助けてくれた相手に対して尊大である。

「手前は神田小柳町の茂兵衛と申します。こちらはおけいさんです」

むしろ茂兵衛のほうが腰を低くして名乗った。

その頭から足先までをじっくり眺めたのち、『ふん』と鼻息を吐き出した老人は、抱えていた徳利の紐《ひも》を指にぶら下げて言った。

「わしは狂骨《きょうこつ》。今日の借りは近いうちに返す」

「あ、もし……」

年寄りとは思えない身軽さだった。

狂骨と名乗った老人は、墓地の奥へと駆け戻り、うしろの竹藪《たけやぶ》に消えていった。

◉

墓参りをした日の晩から、茂兵衛の肩こりがひどくなった。肩のまわりだけでなく首筋や背中までこわばり、頭にも鈍い痛みを感じるという。

諒白医師の薬湯も効き目がなく、縫いものをする気力すら失《う》せてしまいそうな茂兵衛は、少しのあいだ別宅を離れると決めた。

「なあに、例の大黒さまに会わなければ、肩こりなんてすぐに治る。二、三日で戻ってくるから留守を頼むよ」

強がりながらも指先でこめかみを押さえる茂兵衛には申し訳ないが、別宅で一人きりになることは、おけいにとって都合がよかった。

(今のうちに、婆さまのお言いつけを果たさないと……)

おけいは焦りはじめていた。別宅に女が出入りするという話が、はた迷惑なご近所さんの虚言だったと知れた以上、あとは大黒さまに肩の荷をおろしてもらうだけなのだが、肝心の大黒さまが夢枕に立ってくれない。

その夜も下の座敷に布団を敷き、『会いにきてください』と念じながら寝てみたのだが、朝まで夢も見ないで眠っただけだった。もしかしたら眠らないほうがいいかもしれないと考え、まんじりともせず夜を過ごしても、やはり何も起こらない。

万策尽きたおけいは、三日目の朝にやってきた山伏に助けを求めた。

「泰山坊さま。お化けや悪霊を見るには、どうすればよいのですか」

いつものように真言を唱え、心づけをもらって帰ろうとしていた泰山坊は、思いがけない問いかけに目を白黒させた。

「へっ、お化け? お化けが見たいの?」

なにやら声が裏返っている。

自分も『のーまくさんまんだー』を唱えてよいかと訊ねる小さな巫女を前に、困惑した様子だったが、そのうち落ち着きを取り戻したのか、髭におおわれた顎をなでながら、いつもの厳《いか》めしい口ぶりで言った。

「あれは霊験あらたかな不動明王の真言ゆえ、あやかしなど恐れをなして逃げてしまうであろう。よいか、我らは大峰山の根本《こんぽん》道場で十年におよぶ修行を積み、悪霊と対峙《たいじ》する法力を得る。そこもとのような小娘がいたずらに真似《まね》ようとは思わぬことだ」

「はい……」

もっともらしい戒めのあとに、泰山坊が声をひそめて付け加えた。

「ガキのころに聞いた話だが、枕もとに鏡を置いて寝ると、丑三《うしみ》つ時《どき》に何かが鏡の中をよぎるのが見えるそうだ。騙《だま》されたと思ってやってみな」

驚くおけいに片目をつぶってみせると、泰山坊は何食わぬ顔で去っていった。

その晩は、枕もとに鏡を立てて床に就いてみた。眠いのを我慢して丑三つ時が過ぎるまでにらんでいたが、大黒さまが鏡の中をよぎることはなかった。

四日目の昼になっても、茂兵衛は別宅に戻らなかった。

さしもの泰山坊も二日続けては来ないので、朝のうちに別宅をのぞいたのは、定町廻り同心の依田丑之助だけだった。

ここ数日、おけいが一人で留守番をしていると知った丑之助は、自分が十手を預けている岡っ引きを夕方の見まわりによこしてくれる。見た目の厳《いか》つさとは裏腹に、細かい気配りのある旦那なのだ。

八つどき（午後二時ごろ）を過ぎ、明るい表側の座敷で縫いものをしていたおけいは、表戸の外から子供の話し声が聞こえることに気がついた。覚えのある声に戸を開けると、思ったとおり見目麗しい男の児《こ》が立っていた。

「まあ、光太郎《こうたろう》さん。よくここがわかりましたね」

「ご無沙汰《ぶさた》しておりました、おけいさん。お元気そうで何よりです」

光太郎は大伝馬町《おおてんまちょう》の太物《ふともの》問屋・平野屋《ひらのや》の跡取り息子である。顔かたちが美しいばかりか、女と名のつく者には誰にでも愛想がよいことから、九歳にして〈今光源氏《いまひかるげんじ》〉のあだ名で知られるおませさんだ。おけいが先月の七日まで手伝っていた紺屋町《こんやちょう》の手習い処《どころ》で知り合ったのだが、まさか訪ねてくれるとは思わなかった。

「同門の友人がここの隣町に住んでいるのです。近ごろ小柄な巫女さんを見かけると教えてくれたので、もしかしたらと思って――」

女好き云々《うんぬん》はともかく、頭のよい光太郎は先月末で紺屋町の手習い処を去り、元々通っていた私塾に戻ったと聞いている。

「そちらの方が、同門のお友だちですね。こんにちは」

さっきから光太郎のうしろで見え隠れしている男の児に、おけいは声をかけた。

「こ、こんにちは」

男の児は恥ずかしそうに、友人の背中から顔だけ出して挨拶した。光太郎ほどの美少年ではないが、目がつぶらで愛らしい顔立ちをしている。

「岩本町《いわもとちょう》の逸平《いっぺい》さんです。歳はわたしよりひとつ上ですが、町人の子同士ということで、仲良くしていただいています」

光太郎が通う塾で教えを受けるのは大半が武家の子である。町人の子らは何かと肩身の狭い思いをすることが多く、仲間同士で助け合っているのだという。

「こんなところで立ち話もなんですから、どうぞ中へ」

おけいは外路地から裏にまわり、台所の上がり口に二人を腰かけさせた。

「ちょうどよかった。おやつがあるのでお持ちしますね」

「わあ、ありがとうございます」

白湯《さゆ》に添えて出したのは、昼餉《ひるげ》のあとで茂兵衛が届けさせてくれたおはぎだった。おけい自身はまだ味わっていなかったが、塾帰りで腹をすかせた男の児たちが、大きなおはぎをうまいうまいとたいらげる姿を見るだけで満ち足りた気分になった。

そのあと光太郎から、身近な人々の昨今について話を聞いた。

紺屋町の手習い師匠が涼しくなって体調も戻り、元気に筆子《ふでこ》たちを教えていること。

囲われ者の身から足を洗ったお玉《たま》の握り飯屋が、引き続き繁盛していること。

そして、十石屋《じっこくや》のお千代《ちよ》のもとを、光太郎が何度も本を携えて訪ねていることなど。

「よかった。お千代さんと仲良しになれたのですね」

「おかげさまで、もう私の顔を見て逃げ出したりはしませんよ」

お千代と親しくなって喜んでいるのは光太郎ばかりではない。息子が花火見物の川船に招いた搗《つ》き米《ごめ》屋の娘を、平野屋の両親や祖母たちも大いに気に入った。次の正月にはぜひとも家に招きたいと考えているらしい。

「それはそうと、さっきからよい香りがしますが」

鼻をひくひくさせる光太郎に、おけいは襟元に入れていた朱色の守り袋を見せた。中身は空っぽだが、布地に移った虫よけの香りが、匂い袋のようにほんのり漂っている。

「お手製ですね。こんな小さい袋を縫うのは大変でしょう」

「まだ修業中です。隅っこをピンと尖らせるのが難しくて……」

おけいは針箱を開け、太った金魚のような失敗作を披露して光太郎を笑わせた。

その横では、友人の逸平が自分の風呂敷から書付けの束を出して見ていた。ときおり小型の物差しをあてがいながら見入る紙の上には、文字ではなく文様が描かれている。

「いったい何の文様ですか」

「ああ。あれは障子の組子《くみこ》ですよ」

恥ずかしがりの友に代わって、光太郎が答えた。

「逸平さんの家は大きな建具屋さんで、ありふれた障子やふすまのほかに、手の込んだ組子の建具を手掛けておられるのです」

「では逸平さんも、いずれは建具屋さんになるのですね」

これには頬を染めつつ本人が答えた。

「わたしは三男坊ですから店は継げません。でも組子細工は好きですし、家に残って職人になろうと思っています」

組子細工とは、細く削り出した木を釘や糊《のり》などを使うことなく組み合わせ、さまざまな模様を生み出す技法のことで、分限者の家に行けば、かならずと言っていいほど組子細工で装飾された美しい障子や欄間《らんま》を見ることができる。

かつて世話になった奉公先に、富士山と投網《とあみ》の絵柄を取り込んだ見事な組子障子があったことを、おけいは思い出した。

「ここにある文様図は、隠元禅師《いんげんぜんし》ゆかりのお寺で唐戸《からと》を写させてもらったものです。唐風に仕立てた組子障子も面白いかと思って」

まだ十歳の逸平だが、算術を用いた複雑な図案を考えるのが得意で、実際に職人の手で組まれて買い手のついた障子もあるのだという。

「すごいわ。特別な才がおありなのですね」

おけいに褒《ほ》められ、首まで真っ赤になった逸平は、まだ話を続けたがっている光太郎の背を押して、逃げるように帰っていった。

男の児たちを送り出したあとで、おけいは台所の流しの下に落ちている一枚の紙を拾いあげた。

(逸平さんの文様図だわ。いつの間に……)

すぐに追いかけようとした矢先、表のほうで戸を開ける音がした。本人が忘れものに気づいて戻ってきたかと思ったが、続けて聞こえたのは茂兵衛の声だった。

「ただいま、いま帰ったよ」

とりあえず紙を針箱にしまうと、おけいは上がり口で主人を出迎えた。

「お帰りなさいまし」

「しばらく来られなかったが、変わりはなかったかね」

なにも変わりはないことと、届けてもらったおはぎの礼を述べるおけいの前で、茂兵衛はやれやれといったふうに表側の座敷に座り込んだ。

「あのおはぎはお松の好物でね。もちろん子供たちも喜ぶから、台所女中がよく作るのだけど、私はちょっと……」

あれはいただけないという茂兵衛は、久しぶりの薬湯を所望した。四日続けて本宅で過ごし、肩はずいぶん楽になったが、念のために飲んでおきたいらしい。

そんなこともあろうかと、おけいはいつでも七輪で湯を沸かせるよう、竈《かまど》の灰に熾火《おきび》を埋めておいた。二十日近くも別宅で暮らし、今では薬湯を煮出す大役まで任されるようになっている。

「お薬ができました。うまく煮出せているとよいのですが」

「ありがとう。ちょうどいい濃さだ」

ひと口すすった茂兵衛は熱々の湯飲みを脇に置き、土間と座敷のあいだにある丸い柱にもたれて思案にふけった。ときおり閃《ひらめ》くものがあるのか、三角や四角に切った布を床に並べてみるが、すぐに払いのけて柱にもたれることを繰り返している。

やがて日没が近くなり、夕闇《ゆうやみ》に紛れてしまいそうな茂兵衛の傍《かたわ》らに行灯《あんどん》を差し入れて、おけいが声をかけた。

「旦那さま、もうお薬が冷めています」

ああそうだった、と、茂兵衛は傍らに置いていた湯飲みを持ち上げ、冷たくなった薬湯を飲みながら話しはじめた。

「じつは昨日の晩、得意先の旦那衆から呼び出されたのだよ。老舗の袋物屋が寄り合った席で話が盛り上がったらしくてね」

神楽坂《かぐらざか》の料亭で待ち構えていたのは、茜屋で袋ものを仕入れている上得意ばかりだった。その店主たちが、ぜひとも年末の売り出しに向けた新しい巾着を作ってほしいと、茂兵衛に迫ったのだという。

「人目を引くことや、仕立てのよさはもちろん、よその問屋では手に入らない品が欲しいと、みなさん口をそろえておっしゃるのだが……」

茂兵衛は困っていた。今までにも茜屋では、他店に先駆けた珍しい色合わせや飾りつきの巾着を作っては、得意先に卸してきた。しかし、ことごとく同業者に真似をされ、売り出しから十日も経たないうちに似たものが出まわった。

たとえ目新しい色形でも、巾着そのものは込み入った作りではない。腕のいいお針子なら、出来上がりの品を見ただけで同じようなものを縫い上げてしまう。

「前に伝通院の門前町で見たとおりだ。手ごろな土産物として巾着を売る店は、質の良し悪しなど気にしない。安く仕入れてたくさん売るのがあの人たちの商いだからね」

平気で安ものを買ってゆく旅客がいる一方、見栄《みえ》っ張《ぱ》りの江戸っ子は、懐に銭さえあれば有名店の新作を買って自慢した。そんな客を失望させないためにも、売り出した途端に似たものが出まわらないことを、老舗の旦那衆は望んでいるのだった。

上得意の面々に頼まれては、茂兵衛も『できません』とは言えない。

「そこでね、よそで似たものを作ろうにも、手間と時間がかかりすぎて割に合わないほど、手の込んだ巾着を作ってみようと思うのだよ」

茂兵衛が考えているのは、ごく小さな布を何枚も接《は》ぎ合わせて作る巾着だった。

以前おけいが見せてもらった友禅の絵柄を亀甲形に切り抜いて繋いだものより、もっと小さな布を使って接ぎ合わせる。他店にも同じものが縫えるお針子はいるだろうが、真似て仕上げるにも時間がかかるので、値段もそう安くはできないはずだ。

「とにかく急がなければ。年末の売り出しに間に合わせるなら、もう見本を作ってお針子たちに縫い方を教えなくてはならない時期なのだよ」

茂兵衛の顔には焦りの色が浮かんでいた。

その晩は、夜半過ぎまで座敷の明かりが消えることはなかった。

◉

翌朝になっても、茂兵衛は別宅を離れることなく昨日の続きに取り組んだ。

上がり口の丸柱にもたれ、表戸の障子を透かした明るさを頼りに、小さな布切れを何通りにも並べ替えて思案する。これは、と思う模様ができればためしに縫い合わせてみるが、すぐ脇に投げ捨てて、別の布を並べる作業に戻ってしまう。

おけいも反故《ほご》になった布をほどいたり、端切れを切るのに使う小刀を研いだりして、わずかながら手伝いをした。

その日の午後は医者の諒白が来ることになっていた。ところが市中の南で風邪の患者が増えているらしく、不急の往診は先延ばしとなった。いつもの薬湯が入り用なら、明日の昼までに用意しておくからと、諒白の助手が言《こと》づてだけを置いていった。

諒白医師に会えるのを密《ひそ》かな楽しみにしていたおけいにとっては残念だが、患者が増えて忙しいのだから仕方がなかった。

あくる日、茂兵衛が朝一番に薬湯を飲んだ。

「うーむ、参ったよ。新しい巾着のことばかり考えて寝つきが悪いうえに、ようやく眠りかけたら大黒さまが来るのだから」

別宅に戻った途端、肩こり大黒が夢枕に立つのだという。

まだ大黒さまに会えていないおけいにはうらやましい話だが、起きぬけに苦い薬湯を飲みたくなるほどの肩こりに苦しめられるのは、やはり困ったことなのだ。

「悪いが、おけいさん。あとで諒白先生の診療所へ行ってくれるかい」

「いつものお薬をいただくのですね。承知いたしました」

しかし茂兵衛のひどい肩こりは、薬湯を飲んだあとも一向によくならなかった。

昼餉《ひるげ》の弁当にも手をつけられず、今日二杯目となる薬湯を所望したところへ、表のほうから呼ばわる声が聞こえた。

「おーい、誰ぞおらんのかぁ」

泰山坊かと思ったが、声の調子がいつもと違う。表戸を開けたおけいは、そこに白鼠色の蓬髪と顎髭を伸ばした老人が立っているのを見てびっくりした。

「あなたはお墓で会った――」

「狂骨だ。あの男はおるか」

　あの男とは、供え物の酒を持ち去ろうとしてつかまった狂骨を、寺男の手から逃がしてやった茂兵衛のことかと思われる。

「これは、ご老人。よくここがわかりましたね」

　狂骨が別宅を訪ねてきたことに茂兵衛も驚いていた。墓所では『神田小柳町の茂兵衛』としか名乗らなかったはずだ。

「ふん。まだ目も耳も口も達者だからな。家を探し当てるくらい造作ないわ」

　居丈高《いたけだか》な狂骨は、泥のついた素足で表戸の敷居をまたいだ。

「上がらせてもらうぞ。汚されたくなかったら濯《すす》ぎをもってこい」

　茂兵衛がうなずくのを確かめて、おけいは水を張った桶を用意した。

　物乞いか、あるいはそれに近い暮らしぶりかと思われる狂骨には、相手にへつらうところが微塵もなかった。それどころか、さっぱりした足で座敷に上がる所作《しよさ》には、威厳のようなものまで漂っている。

　茂兵衛も同じものを感じるのか、うやうやしく老人に上座を勧めた。

「遠いところをようこそお越しくださいました」

　うむ、とうなずいた狂骨は、向き合って座る茂兵衛をじっと眺めて言った。

「やはりな。墓場で会ったときにも思ったが、おぬしの身体は気の流れがよくない。とくに首から背にかけて滞《とどこお》っておる。どうだ、肩がこるだろう」

「な、なんと」

見事に言い当てられて、茂兵衛が口を開ける。

「とにかく横になるがいい。――おい、そこの娘」

はいっ、とおけいは跳び上がった。

「今から揉《も》み療治《りょうじ》をする。布団を敷け」

大急ぎで布団を出し、座敷の中ほどに敷く。相手は吹けば飛びそうな痩せ老人だというのに、露ほども逆らう気は起こらない。

成り行きが飲み込めているとは思えない茂兵衛も、命じられるまま横になった。

「まずは脈だ」

狂骨は布団の脇に膝をつくと、慣れた手つきで茂兵衛の脈をとった。次に腹のあちこちを指で押さえるところまでは諒白医師の診察と変わりない。続いてうつ伏せにさせた身体を軽くなでさすり、おもむろに手のひらを使って押しはじめた。

(これが、さっき言っていた揉み療治かしら)

世間に按摩《あんま》や足力《そくりき》と呼ばれる療法があることは、おけいも知っている。前に下働きをしていた宿屋の店主が、よく腰が痛むと言っては近くの按摩さんを呼びに走らせたものだ。

「う、ううーむ」

布団に顔をうずめた茂兵衛が呻《うめ》きを発した。

骨と皮ばかりに見える狂骨の手が貝殻骨《かいがらぼね》の内側を押すたびに、茂兵衛の声が上がる。それが苦痛を訴えるものでないことは、横で見ているおけいにも伝わった。

「どれ、座ってみよ」

揉み療治がはじまって小半時（約三十分）も経っていなかったが、ゆっくりと起き上がった茂兵衛の頬は、赤子のように血色がよかった。

「おお……何やら、生まれ変わった心持ちがいたします」

肩が楽になったのはもちろん、こんなに四肢の先まで血が行き渡り、身体が軽く感じられるのは何年ぶりだろうと、茂兵衛は夢見心地の様子でつぶやいた。

ふん、と、鼻を鳴らしたあとで狂骨が言った。

「おぬしは命の源となる種火《たねび》の勢いが弱い。これは生まれつきのものだ」

「先生のおっしゃるとおり、私は生まれたときから病弱でした。十歳で大病を患ったときには、危うく死にかけたそうです」

〈ご老人〉から〈先生〉に格上げされた狂骨は、うっとりと肩をまわす茂兵衛に思いがけないことを告げた。

「本当は死んでおったのさ」

えっ、と、茂兵衛が目を丸くした。おけいも耳を疑ったが、狂骨はいたって真面目な顔で繰り返した。

「おぬしは子供のときの大病で死んでいたはずだ。これほど弱々しい命の種火が消えなかったのは、身内に死神を追っ払った者がいたのだろうよ」

「まさか、母が……」

茂兵衛は息を呑んだ。母親のおこまは、息子が大病から回復して間もなく倒れ、そのまま二十八の若さで亡くなっている。

「母が自らの命をなげうって、私を生かしたということでしょうか」

そうかもしれないし、そうでないかもしれない——。それが狂骨の答えだった。

「どちらにせよ、おぬしが常人より弱い身体で生きてゆかねばならんことは確かだ。わしの療治で調子が保てるのはせいぜい四、五日。わかっておろうが、疲れと心労を溜《た》めぬよう、日ごろから養生《ようじょう》を心がけることだ。では——」

立ち上がった狂骨を、慌てて茂兵衛が引きとめようとした。

「お待ちください、まだ治療代を」

「いらん。先日の借りを返したまでのこと」

狂骨はひらりと土間に飛び下り、茂兵衛とおけいが見送りに出たときには、裸足で表通りを歩み去るところだった。

「先生！」

「おお、そうだ」

思い出したように狂骨が振り返る。

「十日ほど前から、目黒《めぐろ》や芝《しば》のあたりで風邪を患う者が増え続けている。気をつけよ。あれは流行《はや》り風邪になるぞ」

その言葉を最後に、痩せた背中は人混みに紛れてしまった。


昨日の揉み療治のおかげか、茂兵衛はすこぶる身体の調子がよさそうだった。薬湯を飲むことなく朝から縫いものをしている。たびたび針をもつ手を止めて考え込むのは、狂骨の話が気になっているせいだと、おけいは察していた。

「もうし、御免。御免くだされ」

表戸の外から重々しい声がする。

「また泰山坊さまが来られたようです。いかがいたしましょう」

いつもなら、おけいに心づけの銭を渡して対応を任せる茂兵衛が、今朝は縫いかけの布を脇に置いて立ち上がった。

「おお、これは主人どの。ご在宅であったか」

「いつもご苦労さまでございます」

久しぶりに茂兵衛が出てきたことで、泰山坊は張り切った。不動明王の真言を高らかに唱え、えいっ、えいっ、えいっ、と指先で梵字を切って心づけを受け取る。

続いて悪霊を祓うために大護摩を焚くよう勧めるのがいつもの段取りだが、この日は茂兵衛のほうが先に口を開いた。

「泰山坊さま。私には、死神が取り憑《つ》いておりますか」

「えっ、なに、しにがみ、と申したか？」

茂兵衛は昨日から気になっていることを、髭面《ひげづら》の山伏に打ち明けた。

これまで大黒さまのお化けが夢枕に立っても、茂兵衛は怖いと感じたことがなかった。肩がこるのは困るのだが、お祓いまで考えたことはない。

しかし狂骨老人の話を聞いて以降、じわりと恐怖心が湧いて出た。枕もとに立つ真っ黒な大黒天が、十歳の自分から奪いそこねた命を、二十年以上経った今になって再び取り上げようとしている死神に思えてきたのだ。

「大黒さまの正体が、タヌキなどではなく死神だとしたら、これはもう護摩を焚いてお祓いしていただくべきかと思うのですが、どうでしょう」

御坊には死神の本性が見えるかと訊ねられ、泰山坊は目を泳がせた。

「うむ。見えるような、見えないような……」

どうもこの山伏は、思惑から外れたことを聞かれると勝手が狂うようだ。

おけいの疑わしそうな視線に気づいたか、泰山坊がゴホンと咳払《せきばら》いをして言った。

「い、いや、たとえ死神とはいえ、神と名のつくものは手強《てごわ》い。わしの法力では見抜けぬこともあるゆえ、近いうちに大峰山の大先達《せんだつ》を連れてまいろう。大先達が祈禱《きとう》した聖水を撒《ま》けば、どんな鬼神《きじん》をも祓うことができる。それまで心安らかに待つがよい」

早口に言い残し、泰山坊はそそくさと立ち去った。

「はて、心安らかに待っていてよいのやら。なあ、おけいさん」

茂兵衛の口ぶりでは、本気で泰山坊を頼みにするつもりはなさそうだ。

だからといって、ほかに修験者《しゆげんじや》の知り合いがいるわけもない。檀那寺《だんなでら》の住職に相談するのは気が引けるし、どうしようかと悩む茂兵衛を前に、おけいはふと、人の目に見えないものまで見通す力の持ち主がいたことを思い出した。

「旦那さま。よろしければ、今から出直し神社へお連れいたします」

◉

おけいが出直し神社を出た日から、すでに二十日が過ぎていた。

役目を果たすどころか大黒さまに会えてさえいないが、その本性が死神かもしれないと恐れはじめた茂兵衛を、そのままにしておきたくなかった。

「この笹藪《ささやぶ》を抜けた先に境内《けいだい》があります。狭いのでお気をつけください」

下谷の寺社地にある大寺院の裏道まで、茂兵衛はたね銭について詳しい話を聞きながら、おけいの後についてきた。

「わくわくするね。子供のころを思い出すよ」

笹藪に隠された小道をくぐり抜け、袖についた枯葉を払って茂兵衛が笑う。

しかし、おけいはすっかり様変わりした景色に言葉を失っていた。

(いつの間にこんな……)

さして広くもない境内を、一面のススキが覆いつくしていた。枯れ木の鳥居も、ささやかな社殿も、白銀《しろがね》色に波打つ穂の海に半ば飲み込まれてしまっている。

どうしたことかと立ち尽くすおけいを、風に大きくうねる波の向こうから小柄な人影が迎えにきた。

「あっ、婆さま」

「よくきたね。こっちへおいで」

真夏と同じ白い帷子《かたびら》を着て、薄い白髪を頭の上で丸めたうしろ戸の婆は、ススキの海原《うなばら》をかき分けるようにおけいたちをいざなった。

よく見ると、婆の手はいっさい草に触れていない。人より背の高い白銀の穂が風の向きに逆らいながら、婆のために道を譲っているのだった。

やがて古びた社殿《しゃでん》が目の前に現れた。長年の雨風にさらされて白木に戻っているが、もとは朱塗りだったと聞いている。

「さあ、お入り」

婆は唐戸を開いて、おけいと茂兵衛を招き入れた。

外から見れば小さな建屋だが、内側は思いのほか広い。正面には祭壇が組まれ、木っ端《こっぱ》に目鼻を描いて白い御幣《ごへい》を巻きつけた貧乏神が、ご神体として鎮座している。

社殿の中が以前と変わりないことに、おけいは安堵した。

「あんたが今日のお客さまだね」

祭壇を背にして座るうしろ戸の婆と向かい合って、茂兵衛が頭を下げた。

「茜屋の茂兵衛と申します。このたびは家内の早とちりから、こちらのおけいさんを長くお引きとめする次第となりましたこと、まことに面目なく……」

「はてさて、いったい何の話やら」

婆はとぼけてみせた。

「今日ここへきたのは、誰かの代わりに詫《わ》びを言うためではなかろう。そんなことより、あんたの人生について聞かせておくれでないか」

「は、はい」

手巾で額の汗をぬぐったあと、茂兵衛は自分の生い立ちを語りだした。

「私は深川の棟割《むねわり》長屋で生まれました。父の名は与吉《よきち》、母はおこま。私の茂兵衛という名は茜屋の先代から頂戴したもので、当時は茂助《もすけ》と呼ばれておりました」

幼いころの暮らしについては、前におけいが聞いたとおりだった。

若い父親に甲斐性《かいしょう》がなく、病気がちだった茂兵衛と母親を残して、山師と一緒に蝦夷地《えぞち》へ行ってしまったこと。それから母親が夜遅くまで内職をして茂兵衛を育ててくれたこと。その母親も、十一歳になった茂兵衛を残して早世してしまったことなど。

「それから私は、伯父の家に預けられました。奉公先が決まるまでの、半年ほどのあいだでしたが、朝から晩までこき使われました」

伯父の宗助は古着の棒手振《ぼてふ》りを生業《なりわい》としていた。古い着物を竿《さお》にかけて売り歩くのだが、宗助は古手問屋から仕入れた着物をいったんほどいて洗い、縫い直してから売りにいった。そのほうが高く売れるからである。

「伯父は、私にも着物の縫い直しをさせました。針など持ったことがなかったのに、きちんと縫えるまで何度もほどいてはやり直させて、泣いても許してくれません」

仕事だけではない。宗助はしつけにも厳しかった。挨拶の仕方から、箸《はし》の上げ下ろしまで、至らないところを見つけては、容赦なく叱《しか》って改めさせた。生まれたときから病弱で、真綿でくるむように育てられた茂兵衛には、地獄のごとき日々だった。

「お針子見習いとして茜屋に奉公が決まったときは、正直ほっといたしました」

宗助の態度は最後まで変わらなかった。家を出てゆく茂兵衛に、『死んだ気でお店に奉公しろ』『おまえに帰る家はない』と言い渡し、藪入《やぶい》りの里帰りさえ許さなかった。

「里帰りもさせないとは、えらく厳しい伯父さんだね」

「厳しいだけではありません。ケチで情の薄い、嫌な男でした」

そう決めつけると、茂兵衛は自分が大病をしたすぐあとに、母親が実家を訪ねたときのことを詳しく話して聞かせた。

「私の薬代を払うため、母は仕方なく縁を切られていた伯父を頼ったに違いありません。なのに、あんな冷たい顔で追い払うなんて！」

あのときの伯父を思い出すたびに腹の底から怒りがこみ上げる。金輪際《こんりんざい》まともな墓など建ててやるものか、と、憤《いきどお》った直後、茂兵衛は自分の肩に手をやって呻いた。

「肩が、こるのかい」

「なにやら急に……」

今まで軽かった肩が、まるで鉄の塊を乗せられたかのように重くなったという。

そんな茂兵衛の肩越しに、うしろ戸の婆がじっと宙を見つめていた。

婆の右目は白く濁っているが、左目だけは湧き出す泉のごとく黒々と澄んでいる。これが千里眼《せんりがん》といって、常人には見えないものが見えるありがたい眼《め》であることを、出直し神社にきて十か月になろうとしているおけいは承知している。

「あんたのおっ母さんは、伯父さんと縁切りしていたと言ったね。差しつかえなければ、わけを話しておくれでないか」

「もちろんお話しいたしますとも」

過去の怒りに火がついた茂兵衛は、母親のおこまが幼いうちに両親と死に別れ、ひとまわり歳上の宗助に育てられたことや、十七の歳に無断で男と夫婦約束を交わしたことで宗助の怒りを買い、一方的に兄妹《きょうだい》の縁を切られてしまったことなどを細かく話した。

「なるほど。でも解《げ》せない。解せないねぇ」

婆は大げさに首を振ってみせた。

「あんたが別宅として使っている家は、大嫌いな伯父さんの残したものだろう。嫌な思い出があるうえに、肩こり大黒に苦しめられているというじゃないか」

なにゆえ、そんな家に入り浸っているのかと問われ、茂兵衛は返答につまった。

「そ、それは……」

本宅にいれば肩こりなどに悩まされないですむ。女房のお松にあらぬ疑いをかけられる気づかいもないのに、なぜ別宅で過ごそうとするのか。

「もしかして、茜屋にいるのが堅苦しかったのかい」

婆の言葉に、うつむいて黙り込んでいた茂兵衛がゆっくり視線を上げた。

「うしろ戸さまのお察しのとおりです」

もとをただせば茂兵衛はお針子として雇われた身である。先代に見込まれてお松の婿になったとはいえ、奉公人たちの中には自分より古株の者が大勢いる。

そもそも茜屋は女の家系で、先代も、先々代も、奉公人の中から選ばれた婿養子だった。新しい袋ものを工夫する才のある者に跡目を継がせることで、江戸でも指折りの袋物問屋として商いを続けてきたのである。

「奉公人たちはよく働いてくれます。私が新しい袋ものにかかりきりでも、店の商いが滞る心配はありません。お松にしたところで、気儘にふるまっているようですが、肝心なときは私を夫として立ててくれます。なにも不足はないのですが……」

茂兵衛はたびたび息が詰まりそうになった。思い悩むことがあっても、お松や奉公人たちに腹を割って話すことはできない。酒や女色《じょしょく》で憂さを晴らす性分でもない。どこにも逃げ場がないまま鬱憤《うっぷん》を募らせていたとき、貸家にしていた伯父の家に借り手がつかないと、差配の伝次郎から知らせが入った。

「肩こり大黒の噂は聞いていました。まさかと思っていたのですが、見張りのつもりで泊まり込んだその夜に、枕もとに立ったときは仰天いたしました」

大黒さまを見ると自分の肩がこってしまうことも噂どおりだった。これは尋常でないと思いつつ、茂兵衛はその後も伯父の家に泊まり込むようになり、やがては自分の別宅として使うと決めた。

「伯父の家は、私の母親の生家でもあります。そのせいでしょうか、別宅にいるときだけは心が安らぎました。ひどい肩こりに悩まされようとも、昔ここで祖父母や母親が楽しく暮らしていたと思うだけでなぐさめられたのです」

茂兵衛の言いたいことが、天涯孤独のおけいには身に染みてわかった。寄る辺《べ》ない身で世間を渡る者にとって、家族との思い出は大切な宝であり、かけがえのない拠《よ》りどころである。それは三十過ぎの大人になっても何ら変わることはないのだろう。

「夢枕に立つ大黒さまも、不思議と怖くはありませんでした。あやかしだとわかっていても、あの真っ黒な顔が妙になつかしく思えて、むしろ見守られているような気がしていたのです。ところが……」

「今度は怖くなった——そうだね」

茂兵衛は大きくうなずいた。

「そこで、うしろ戸さまにお訊ねしたいのです。私には死神が憑いていますか」

婆の左目がすっと細められた。しかし何も答えない。

「もし、大黒さまの正体が、私の命を奪いにきた死神だとしたら、一刻も早く祓ってしまいたいのですが、いかがでしょう」

重ねて助言を求める茂兵衛を見つめたまま、婆は静かに言った。

「神仏とは表と裏の顔をあわせ持つもの。人もまた然《しか》り」

それが婆の答えだった。

「どのみち、うちではお祓いなどしない。どうしても大黒さまをやっつけたいと思うなら、山伏に護摩でも焚いてもらうがいい。――で、どうするね」

今度は婆のほうから茂兵衛に訊ねた。

「せっかくきたのに、縁起のよいたね銭をおねだりしなくていいのかい。あんたの抱えている仕事がうまくいくよう、うちの神さまに祈願してやることはできるのだよ」

「そ、それはもう――」

ぜひともお願いしますと茂兵衛が頭を下げ、いつもの儀式が始まった。

まず貧乏神が鎮座する祭壇の上に、ネズミに齧《かじ》られて穴の開いた琵琶《びわ》が置かれる。うしろ戸の婆が祝詞《のりと》を唱えたあとで琵琶を揺すると、穴からたね銭が転がり出る寸法だ。

この場になると、おけいはいつも手に汗を握ってしまう。参拝客によってたね銭の額が大きく異なるからである。大抵はお守りとして小銭が転がり落ちるだけだが、五匁銀《もんめぎん》や一分金《ぶきん》などを授かる場合もあり、ときには小判の雨まで降る。

ただし、たね銭は一年後に倍の額をお返しすると決まっており、大金が出たといって喜んでばかりもいられないのだが……。

(さあ、神さまはいくら貸してくださるか)

うしろ戸の婆が高く掲げて揺すった琵琶の穴から、ちゃりん、とよい音を響かせて床に落ちたのは、山吹色《やまぶきいろ》の小判だった。しかも一枚ではない。二枚、三枚と続けてこぼれ出し、しめて四両の金子がたね銭として茂兵衛に貸し出されたのだった。

神社から別宅に戻ると、台所の隅に二人分の弁当が届けられていた。

遅い昼餉《ひるげ》をすませた茂兵衛は、さっそくいつもの行李を開け、ひし形や三角に切り抜かれた小さな端切れを床に広げた。

「うーん。たね銭をいただいたからといって、都合よく名案が浮かぶわけもないか」

しばらく端切れを並べてみたあとで苦笑する。

たね銭四両は庶民から見れば大金だが、茜屋の店主が浮かれるほどの額ではない。大切に紙入れにしまい込むと、もう頭の中は新しい巾着のことでいっぱいなのだ。

「ところで、守り袋はうまく縫えるようになったのかい」

気分を変えたくなったのか、いったん端切れを横に置いて、おけいに訊ねる。

「うまいとは申せませんが、ようやく角が角らしく縫えるようになりました」

見せてごらんと言われ、おけいは自分の針箱を持ち出した。

初めて縫った丸っこいものから、少しはそれらしく縫えているものまで、守り袋を出して並べていると、一緒に引き出された紙がひらりと茂兵衛の膝下にすべり込んだ。

「おや、この紙は？」

茂兵衛が手にして広げたのは、入り組んだ線で描かれた文様図だった。

「いけない！」

おけいは大声を上げた。光太郎の友人が忘れて帰った一枚を、あとで届けるつもりで針箱に入れ、そのまま失念していた。

（うっかりしていた。あれから三日も経ったのに）

今からでも届けてやりたいが、茂兵衛が文様図を返してくれない。

「旦那さま？」

いぶかしがるおけいの前で、紙を持つ手が小刻みに震えた。

「これは……、おけいさん、この文様をどこで……」

珍しく茂兵衛が怒っている。

何が気に障《さわ》ったのかわからないまま、おけいは茂兵衛の留守中に自分を訪ねてきた客があったことと、おはぎを客に食べさせてしまったことを打ち明けた。

「申し訳ございません。勝手に自分の客を台所に入れて、せっかくのおはぎを――」

「おはぎは誰が食べてもいい。それよりこの文様だ」

床に置いた文様図を、茂兵衛は手のひらでバンと叩いた。

「私はこれを描いた人に会いたい」

どうやら怒っているのではなく、文様図を見て気負い立っているらしい。

おけいは少しほっとして、自分を訪ねてきた客が大伝馬町の平野屋の総領息子と、その同門の友人であることなどを詳しく話して聞かせた。

「では、この図を描いたのは、平野屋の息子さんのご友人ということかね」

「岩本町の大きな建具屋の息子さんだそうです。ただ、私もその日に初めてお会いした方でしたし、とても人見知りをなさるようなので、もし旦那さまがお会いになりたいとおっしゃるなら——」

いきなり本人を訪ねて驚かせるより、平野屋の光太郎に仲立ちを頼んだほうがいいかもしれない。

「わかった。光太郎ならうまく話を運んでくれるだろう。おけいさんの思うように計らっておくれ。一刻も早くこれを描いた人に会って話を聞きたいのだよ」


その日の日暮れ間近になって、待ちかねた客が別宅を訪れた。

「遅くなりました。手前が平野屋の光太郎でございます。本日は茜屋さんとお近づきになる時宜《じぎ》を得ましたこと、たいへん嬉しく存じております。そしてこちらが——」

「ど、どうも。逸平と申します」

土間に立つ二人の男の児を前に、茂兵衛は半ば唖然《あぜん》としている。

思えばおけいは、自分の客が九歳と十歳の子供であることを伝えていなかった。

一人前の若旦那たちを待っていたのであろう茂兵衛は、それでもすぐ気持ちを立て直して、二人の男の児を迎え入れた。

「急に呼び出したりしてすまなかったね。ささ、こちらにお座り」

「失礼いたします」

子供とはいえ、武家の子らと同じ私塾に通っている光太郎と逸平は、どちらも無駄のない所作が身についている。座布団に座る前に一礼すると、滑舌のよい光太郎が友人の代わりに切り出した。

「ご用の向きは、おけいさんから伺っております。逸平さんが写した西洋の文様を、新しい巾着の手がかりになさりたいそうですね」

「西洋？　これは禅寺の唐戸を写したものと聞いていたが……」

茂兵衛が首をかしげて、忘れ物の文様図を床に広げた。薄氷《うすごおり》がひび割れたような模様の真ん中に、翼のある飛天《ひてん》が描かれた見慣れない絵柄である。

「あの……先日、おけいさんにお見せしたのは唐戸の文様でした」

はにかみながら逸平が答えた。

「でも、わたしが落としていったこの一枚だけは、うちの先生に閲覧させていただいた、西洋の書物を写したものだったのです」

逸平が言う『うちの先生』とは、三河町《みかわちょう》で塾を主宰する林玄峯《はやしげんほう》のことだった。

子供たちに朱子学《しゅしがく》を基本とした学問を教える林玄峯は、博覧強記の人としても知られている。とくに西洋の建物に造詣《ぞうけい》が深く、義兄が長崎奉行所に長く勤めていたこともあって、珍しい書物を数多く蔵しているらしい。

「これは仏蘭西《ふらんす》という国の、とある大聖堂の窓を描いたものです。わが国では窓に障子紙を張りますが、西洋ではギヤマンを嵌《は》めて外の明るい光をとり入れるのだと、玄峯先生に教わりました」

「ギヤマンを、窓に……」

茂兵衛だけでなく、台所に下がって聞いていたおけいも目を丸くした。そんな高価なものを窓に使ってしまうとは、西洋人というのはよほどの金持ちなのだろうか。

「とくに西洋寺の大聖堂には、色つきのギヤマンを鉛で接《つ》ぎ合わせた立派な窓が飾られます。天主《てんしゅ》教の教えに基づく絵柄が表されていて、大そう美しく荘厳な眺めだそうです。わたしが写させていただいたのも、そういった窓のひとつなのです」

建具職人を目指す逸平は、組子の文様として使えそうなものをあちこちで調べている。しかし、西洋寺の窓の絵柄を色味のない組子障子に用いても、大して見栄えはしなかった。あれは彩り豊かなギヤマンが黒い鉛線で接ぎ合わされるからこそ生じる色の対比であり、光と影の美しさなのだと、逸平は恥ずかしさを忘れたかのように熱く語った。

「組子障子には不向きでしたが、巾着の柄としてギヤマンの窓を真似てみるのは面白いと思いますよ。茜屋さんでは鮮やかな色布を取りそろえておいでなのでしょう」

売るほどある、と答える茂兵衛に、逸平がにっこり笑って言った。

「だったら大丈夫ですね。御上《おかみ》に禁じられている天主教の飛天の絵をそのまま使うのではなく、茜屋さんならではの絵柄をとり入れてください」

「なるほど、よくわかった。さっそく下絵にとりかかるよ」

茂兵衛は意気込んだ。遠い異国の壮大なギヤマン窓について話を聞くうち、巾着にとり入れたい絵柄が次々と頭に浮かんできたらしい。

「頑張ってください。わたしでお役に立てることがあれば、喜んでお手伝いします」

頼もしい申し出に、茂兵衛は相好を崩して礼を言った。

こうして、逸平の手を借りた巾着作りがはじまることとなったのである。


「いかがでしょう。必要な線だけ残した絵ですが」

「いいね。ちゃんとウサギに見える」

別宅の座敷で、茂兵衛と逸平が額を寄せあって相談していた。

三日前に作業を始めて以来、逸平は塾が終わると必ず別宅に立ち寄る。光太郎も家の前までくるのだが、自分は助けにならないからと、挨拶だけして帰ってゆく。

「私の下絵をひと晩で仕上げるとは……。ありがたいけど、無理をさせてしまったな」

「楽しんで描いているうちに仕上がっただけですよ」

茂兵衛が手にしているのは、逸平が家で描き上げてきた文様図だった。

ひび割れた板氷のような模様が黒く縁取《ふちど》られて描かれ、形状の異なる一片一片が鮮やかに色づけされている。その真ん中には黒く縁取りされた白ウサギがいる。

西洋のギヤマン窓をもとに考えられたこの文様から型紙を起こし、布を裁ち切って、新しい巾着を縫い上げようというのだ。

「布と布をつなぎ合わせる黒い線ですが、こんなに細くて大丈夫なのですか」

「うちのお針子たちなら、なんとかしてくれる」

不安げな逸平に、茂兵衛が答えて口を真一文字に引き結んだ。

細く切った黒布で、色布を縁取るように接ぎ合わせてゆく作業には、高い技量と手間を要する。先に色布だけを接ぎ合わせて模様を作り、あとからひも状の黒布を接ぎ目に沿って縫いつける方法もあった。しかし、茂兵衛はあえて難しいほうを選んだ。

「簡単なやり方なら、どこのお針子でもすぐ真似できてしまう。得意先に頼まれたからというのではなく、私にしか……、いや、茜屋にしかできないものを作りたいのだよ」

「そのお気持ち、よくわかります」

組子障子に使えそうな文様を求め、方々の神社仏閣や蔵書家のもとをめぐり歩いている逸平には、よそでは真似のできない巾着を作るために奮励《ふんれい》努力する茂兵衛が、志を同じくする仲間のように思われるらしい。

「もうおまえの役目は終わった、なんておっしゃらないでくださいよ。絵柄に不具合があれば手直ししますし、またお訪ねしてよろしければ……」

毎日きてくれてもかまわないと、茂兵衛は言った。

「今回の試し品が仕上がったら、小柳町の店にも遊びにおいで。ただし、うちには女の児が三人もいるから、お人形遊びに付き合う覚悟はいるけどね」

からかう茂兵衛に、だったら平野屋の光太郎を誘って一緒に行く、と逸平が切り返す。

「あの色男さんか。娘たちがこぞって平野屋へお嫁にゆくと言い出しそうだな」

二人はいかにも可笑《おか》しそうに笑った。

よほど馬が合ったのか、いつもは口数の少ない茂兵衛も、恥ずかしがり屋の逸平も十年来の友人を思わせる親密さで毎日の作業を進めている。近くにいるおけいには、仲のよい父子のように思われて微笑ましい。

出直し神社に参拝した日から、茂兵衛は身体の調子がよさそうだった。やはり大黒さまの正体が気になるのか、夜には茜屋の本宅へ帰ってしまうからだ。

家で茂兵衛の帰りを待っているお松や小さな子供たちのためにも、そのほうがよいのだとおけいは思う。別宅で寝泊まりさえしなければ、茂兵衛は肩こりに苦しむことはないし、お松が嫉妬《しっと》に苛《さいな》まれることもない。しかし――。

（この古家のどこかで、大黒さまが肩をこらせている）

今日は八月の二十五日。おけいが別宅で暮らすのは月末までの約束なので、のんびりしてはいられない。

「では、これで失礼します」

大黒さまのお化けなど、まるで気にする様子のない逸平が帰っていった。

「私も今日は早めに引き上げるよ。店で試し品の布を見つくろいたい」

続いて茂兵衛もいなくなると、別宅はおけいと大黒さまの二人きりになる。

もう、おけいにはわかっていた。まんじりともせず待っていても大黒さまは現れてくれない。夢枕に立つこともない。

行灯のもとで守り袋を縫いながら、謎解きの糸口を探るおけいの耳に、うしろ戸の婆の声がよみがえった。

『大黒さまの肩の荷をおろしておいで』

はたと、おけいは針を動かす手を止めた。婆の言葉と自分の思惑とのあいだには、小さな隔たりがあることに気づいたのだ。

(婆さまは、大黒さまに会ってこいとはおっしゃらなかった)

肩の荷をおろすため、まず大黒さまに会わなくては話にならないと、おけいは思い込んでいた。でも本当にそうだろうか。そもそも大黒さまの肩の荷とはなんだろう。肩こりを訴え続けるほどの、どんな重荷を背負わされているというのか――。

おけいが目を覚ましたとき、すでに座敷は明るくなっていた。

昨夜は横になるのをやめて座ったまま布団にくるまっていたのだが、明け方近くに寝入ってしまったようだ。

大急ぎで水を汲み、座敷の床を拭き終えたところへ、朝五つ（午前七時ごろ）を告げる鐘の音とともに茂兵衛が戻ってきた。

「ただいま、おけいさん。変わりはなかったかい」

なにも変わりはない。同心の丑之助が見まわるには早い時刻だし、三日にあげず通っていた泰山坊も、死神のことを訊ねられた日から足が遠のいている。

「朝餉《あさげ》をもってきたから早くおあがり。私にはあとで濃いお茶をたのむよ。いや、薬湯はいらない。肩の調子はいいからね」

かしこまりましたと台所へ下がったおけいは、七輪で湯を沸かしながら朝餉をすませ、ぬるめの湯を使ってていねいに茶を淹《い》れた。

「うん、いつもながら旨《うま》いお茶だ」

おけいの淹れる茶が、茜屋の侍女どのが出すものより旨味があると言って、茂兵衛はいつも褒めてくれる。それもそのはず、おけいに茶の淹れ方を教えたのは、江戸で大人気のお蔵《くら》茶屋〈くら姫《ひめ》〉の女店主なのだから。

一服のあと、茂兵衛は持参した風呂敷の中から小さく切った端切れを取り出した。大きさや形が異なる色布と、細く切られた黒布は、すでに絵柄が決まった巾着の材である。

次々と床に並べられてゆく鮮やかな布に見入っていたおけいは、外に人の気配を感じて立ち上がった。久しぶりに泰山坊がきたかと思ったら、表戸の向こうにいたのは、山伏ではなく定町廻り同心の依田丑之助だった。

「お見まわりお疲れさまです」

「すまんが、入れてもらっていいか」

言葉少なに入ってきた牛のような男を見て、茂兵衛も奥の座敷から出てきた。

「これは依田さま、いつも拙宅をお心にかけていただきまして、ありがとう存じます。どうぞお上がりくださいまし」

「いや、ここでいい」

丑之助は上がり口に腰をおろし、お愛想程度に時候の話をしたあとで本題に入った。

「ところで茂兵衛さん。近ごろあちこちで山伏やら祈禱師《きとうし》やらを見かけるが、この家にも顔を出すやつがいるそうだな」

はい、と、茂兵衛がうなずく。

「泰山坊さまのことでございますね」

「そうだ。その泰山坊だが、今でも頻繁《ひんぱん》に来るのかい」

「はて、今朝はまだお見かけしておりませんが……少しお待ちください」

台所で茶の支度をしていたおけいが呼ばれた。

「話は聞こえていたね。私がいないあいだのことを依田さまにお話ししておくれ」

おけいは改まって、ここ数日は泰山坊がきていないことを告げた。

「最後にきたのはいつのことだ？」

あれは茂兵衛を出直し神社へ伴った日の朝だから、二十日で間違いない。次に来るときは大峰山の大先達を連れてくるとか言っていた。

「そうか。なら、そろそろだな」

泰山坊が仲間の山伏を連れてきたときは、すぐ番屋へ知らせるよう言い置いて、丑之助が立ち上がりかける。

「お待ちください。お茶をお出しする支度ができておりますので」

丑之助は再び腰をおろした。おけいが運んできた煎茶《せんちゃ》をすすりながら、茂兵衛を相手に雑談などしていたが、そのうち目の前にある丸い柱を見上げて言った。

「それにしても立派な柱だ。火事の多い江戸の町なかで、これほど年季の入った柱が残っている家は珍しかろう」

「そうでございましょう」

茂兵衛が嬉しそうに、いつも背をもたせかけている丸柱をなでた。そもそもこの家は、数寄者《すきしや》の隠居が駒込《こまごめ》あたりから移築したものを、茂兵衛の祖父が買い取ったらしい。

「なるほど、どうりで風格のある大黒柱だと思った」

台所に下がって耳を傾けていたおけいは、丑之助の言葉にひそんでいた手がかりを聞き当てて跳び上がった。

「す、すみません。失礼します！」

不作法も忘れ、上がり口に腰かける丑之助と、座敷に座っている茂兵衛とのあいだに割り込んで丸柱の前に立つ。

(大黒柱……。そうだ、これは大黒柱だ)

土間と座敷とのあいだに立つ太い柱のことを、人々は大黒柱と呼びならわす。

何事かと驚いている茂兵衛と丑之助の前で、おけいは改めて大黒柱を見上げた。堂々たる柱は真っ黒に煤《すす》け、天井の近くに縦の裂け目が走っている。

「依田さまっ」

「お、おう。なんだ、おけいさん」

あの裂け目を探ってもらえないかと頼む。居合わせた三人の中で、丑之助が一番の長身だからだ。

「そりゃかまわんが、踏み台がいるな」

「踏み台ならございます」

茂兵衛が台所の隅から踏み台を運んできた。二人とも、おけいのただならぬ勢いに気圧《けお》されたか、何も聞かずに力を貸してくれている。

「どうですか、依田さま」

「うーん、奥に何か挟まっているようだが、指が届きそうに……」

すかさずおけいが差し出した菜箸《さいばし》を使い、丑之助は苦労して柱の裂け目から薄い紙包みを引っぱり出した。

「こいつは魔除《まよ》けのお札《ふだ》じゃないのかい」

家の柱や天井裏に魔除けの札を貼るのはよくある話だが、探ってくれと頼んだおけいはもちろん、茂兵衛も札など入れた覚えはないという。

「なんでしょう。かなり古そうですし、開けても障りはなさそうですが」

茂兵衛が怖々《こわごわ》と広げた包みの中から出てきたのは、二枚の書付けだった。一枚は医者の手による投薬代の受取証文。もう一枚は古手屋の仲間株を売却するという証文の写しで、どちらも二十年前の日付になっている。

「二十年前に伯父が実家の古手屋株を売ったことは聞いています。けど、医者にかかっていたとは知りませんでした。しかもこんなに高額な……」

受取証文の額面は百両を超えていた。

「旦那さま、どこかに事情を知っていそうな方はいらっしゃいませんか」

おけいがたまらず口を出した。大黒柱に隠されていた証文の謎を、ここで明らかにしなくてはならない。

「そう言われても、伯父とは二十年も行き来がなかったのだよ。どんな知り合いがいたかなんて、かいもく――」

「伝次郎さんだ。たしか宗助さんと差配の伝次郎さんは幼馴染《おさななじ》みだった」

思い出したのは丑之助である。幼馴染みの伝次郎がときおり家を訪ねるなどして、独り身の宗助を気づかっていたらしい。

「わたし、今から伝次郎さんをお呼びしてきます」

おけいは引きとめられる前に外へ飛び出した。

「柳原《やなぎわら》岩井町の一丁目だ。神田川堤の手前、西向きの家だぞ」

「はいっ」

丑之助の声を背中で聞き、神田川堤を目指して一目散に駆けたのだった。


おけいが差配の伝次郎を連れて別宅に戻ったのは、小半時後のことだった。折よく在宅していた伝次郎は、喉《のど》の調子が悪いと渋りながらも、元岩井町までついてきてくれた。

「どうも茂兵衛さん、お久しぶりでございますな」

「ご足労をおかけいたします。どうぞお上がりください」

宗助が亡くなってから二年半のあいだ別宅の管理を任されていた伝次郎は、見るからに落ち着きのない様子で座敷に上がった。四角い鬼瓦《おにがわら》のような顔に似合わず、じつは物の怪や幽霊の類《たぐい》にめっぽう弱いのだ。

「大丈夫だよ。朝っぱらからお化けなんて出やしないさ」

冷やかす丑之助を恨めしそうににらみながら、伝次郎が早々に切り出した。

「そこの巫女さんから聞きましたが、妙なものが見つかったそうですな」

「はい。これなのですが」

茂兵衛が広げてよこした証文に目を走らせて、伝次郎が低く呻いた。

「どこに、こんなものが……」

大黒柱の裂け目に入っていたと聞かされ、しばし絶句していた伝次郎だったが、そのうち深くて長いため息を吐き出した。

「今ごろになってこれが出てきたということは、もう話してもかまわない、いや、話すべき時がきたと思っていいのだろう。なあ、宗さんよ」

先に旅立った幼馴染みの名前を大黒柱に呼びかけると、伝次郎は目の前にいる茂兵衛に話しはじめた。

「ちょうど二十年前のことです。宗助さんが血相変えて訪ねてきて、妹の子が重病で死にかけている、近所の藪《やぶ》医者ではどうにもならないから、いい医者を紹介してくれと、私に頼んだのですよ」

伝次郎が連れてきた医者は、高熱にぐったりしている子供の脈をみただけで、もう手遅れだと言って帰ってしまった。それでもあきらめない宗助に頼み込まれ、伝次郎は町方で随一と評判の高い名医が北本所《きたほんじょ》にいることを教えた。

「宗助さんは、その日のうちに北本所の先生を呼んできました。お医者としての力量だけでなく、診療代が高いことも江戸随一だと伝えておいたのですが……」

名医の腕は確かだった。念入りに診察したのち、駄目かもしれないが、やれるだけのことはやってみようと言って、特別に調合した薬湯を飲ませた。すると、それまで死の淵《ふち》をさまよっていた子供の熱が、治療をはじめて四日目から下がりはじめたのである。

「命拾いしたものの、もとから身体の弱い子供だったらしく、床上げまでに半年かかったそうです。その間ずっと名医が処方する薬を飲み続けたわけですから、めでたく本復《ほんぷく》したときには、薬代が百両を超えていました」

それで妹の子が助かったのだから文句はないと宗助は言った。祖父の代から古手屋として稼いできた金子をすべてはたき、足りない分は店の仲間株を売り払うことで、世話になった医者に一括で支払った。商いの仲間株より、家を売ったほうがよいと伝次郎が助言しても、宗助は聞き入れなかった。

『妹の子は身体が弱い。私が死んだのち、古手屋株を手にしたところで家業を継ぐのは無理かもしれない。それならこの古家を残してやったほうがよかろう。貸家にすれば寝ていても賃料がはいるのだからな。伝さん、そのときはよろしく頼むよ』

すでに差配としてあちこちの貸家を任されていた伝次郎は、宗助の考えにうなずくしかなかった。

「ちょ、ちょっと待ってください」

我慢して聞いていた茂兵衛が、たまらず声を上げた。

「身体の弱い子供とは私のことでしょう。大病をしたことは自分でも覚えています。ですが、私のために伯父が有り金をはたいたとは初耳です。古手屋の仲間株にしても、伯父が商いにしくじって手放したのだと、本人が言っていましたし」

薬にかかった費用については、蝦夷地に行った父親がたった一度だけ金子を送ってきたことがあり、それを払いにあてたのだと聞いていた。

伝次郎は、怒ったような、困ったような、どちらともつかない顔で黙り込んでいたが、ついに肚《はら》を括《くく》ったのか、がらりと口調を変えて話しだした。

「茂兵衛さん。もう、あんたも十歳の子供ではないのだし、私としても話すと決めたからには、洗いざらい本当のことを言わせてもらうが、いいだろうね」

もちろん茂兵衛も嫌とは言わない。

「あんたの父親ってのは、怠け者のいい加減な男だった。蝦夷地へ行ったなんてとんでもない。麴町《こうじまち》あたりの若後家《わかごけ》さんに気に入られて、そっちに居ついてしまっただけだ。宗助さんは初めから男の本性に気づいていた。だから夫婦になることを反対したのに、おこまさんも頑固な人で……」

駆け落ち同然で家を出てすぐ、自分が間違ったことに気がついても、おこまは兄に詫びをいれなかった。宗助も妹に輪をかけた頑固者だったので、本当は許しあっている兄と妹は、十一年後におこまの一人息子が死にかけるまで、一度も口をきかなかったのである。

「なら、どうして母も伯父も、本当のことを話してくれなかったのでしょう」

「わからないかい、茂兵衛さん。おこまさんは、まだ子供だったあんたに父親のことを悪く言えなかった。宗助さんは自分が失った金子や仲間株のことで、可愛い甥っ子に負い目なんて感じてほしくなかったんだよ」

おこまの死後、茂兵衛を手もとに引き取ったときも、宗助は〈ケチで厳しい伯父さん〉であり続けた。身体の弱い茂兵衛が座職につけるよう裁縫を教え、奉公先で恥をかかないための行儀作法を叩き込んだ。

「宗助さんは、自分がじきに死ぬと思っていた。祖父母と両親はみな四十前後で亡くなっているし、妹のおこまさんは二十八で逝った。四十歳を過ぎた自分が明日死んでも、残されたあんたが困らないようにしておきたかったのさ」

まさか六十過ぎまで生きて古着の棒手振りをするとは思わなかった。我ながら大誤算だったが、茂兵衛の出世を見届けたのだから悪くはない誤算だった、などと、たまに伝次郎と安酒を飲みながら、宗助は笑っていたという。

「では、昔見たあれは何だったのだろう。私の病が癒えたあと、実家を訪ねていった母を、伯父が怖い顔で追い返していたのは……」

まだすべてを受け止めきれずにいる茂兵衛を見て、おけいが自分の考えを口にした。

「もし、わたしがおこまさんだったら、たとえ少しずつでも内職で稼いだお金をお兄さんに返そうとしたことでしょう」

居残って話を聞いていた丑之助も、あとを続けて言った。

「もし、俺が宗助さんだったら、そんな銭があるなら子供に好きなものでも食べさせてやれ、と言って妹を追い返したことだろう」

鬼瓦のような顔をくしゃくしゃにして、伝次郎が何度もうなずいている。

茂兵衛はただ呆然《ぼうぜん》と、目の前にある煤けた大黒柱を見上げていた。

◎

昨夜は久しぶりで別宅に泊まった茂兵衛が、起きぬけにおけいを呼び寄せた。

「大黒さまが来なかった。本当に、一度も来なかったんだよ！」

しかも肩がすっきり軽く、こんな気分のよい朝を別宅で迎えるのは初めてだという。

「もう薬湯はやめた。とびきり美味《おい》しいお茶が欲しいな」

「かしこまりました」

嬉しそうな茂兵衛のために湯を沸かしながら、おけいも同じくらい嬉しかった。

（よかった。きっと大黒さまが肩の荷をおろしたのだわ）

大黒柱に隠されていた証文が見つかったことで、憎まれ役だった宗助の真心が、ようやく茂兵衛に届いた。自分の大人げない意趣返しを悔いた茂兵衛も、この上は宗助のために立派な墓を建てると決めた。その手つけとして出直し神社のたね銭が使われるらしい。

これでおけいの役目は終わった。そろそろ月末。茜屋へ行って、茂兵衛を訪ねてくる女など一人もいなかったとお松に告げたら、その足で出直し神社に帰ろう。おけいが縫った不細工な守り袋を見て、うしろ戸の婆は何を言うだろうか。

七輪の前に屈《かが》んでにんまりしていると、どこかで名をささやく声がした。

「おけいさん、おけいさん。裏の戸を開けてくれないか」

裏庭に面した戸の先には、盛りを過ぎて咲きこぼれる萩の茂みがある。その中に身をひそめていた黒羽織の男が、素早く台所に入り込んだ。

「依田さま。どうして裏から――」

しっ、と人差し指を立て、おけいを黙らせた丑之助は、座敷でこちらを見ている茂兵衛を手招きして言った。

「すまんが言うとおりにしてくれ。じきに山伏たちがやって来る。俺はそこの衝立《ついたて》の裏に隠れるから、茂兵衛さんたちは知らぬふりで、やつらを座敷に上げてくれ」

「それはいったい――」

どういうことかと訊ねる暇はなかった。表のほうからお馴染みの声がしたからだ。

「もうし、御免。御免くだされ」

丑之助の大きな身体が衝立で隠れたのを見届け、おけいは表戸へ走った。

外に立っていたのは泰山坊だけではなかった。白い鈴懸衣《すずかけごろも》を着た山伏が二人増えていて、一人の男は大きな瓢簞《ひょうたん》を抱え、もう一人は首から法螺貝《ほらがい》を下げている。

「これは巫女どの。主人どのはご在宅かな」

「はい、はい。ここにおりますよ」

茂兵衛が土間に転がり出た。

「おお、ご主人。遅くなってしまったが、かねて約束のとおり大先達をお連れした。大峰山の黄山坊《こうざんぼう》と廬山坊《ろざんぼう》である」

二人の山伏が、髭だらけの顔で重々しくうなずいてみせる。

「そ、それは、遠いところを恐れ入ります。どうぞお入りくださいまし」

まさか今日のために大峰山から出てきたわけではなかろうが、山伏たちは無言で草鞋《わらじ》を脱いだ。そわそわした茂兵衛に不審を抱いてはいないようだ。

「さればこれより、悪霊祓いの祈禱《きとう》をはじめさせていただく。今回は大黒天に姿を借りた死神が相手ゆえ、大護摩よりも効き目のある聖水を撒かせてもらうが、よろしいか」

「よろしいかと言われましても……」

どう答えるべきか迷っている茂兵衛に代わり、おけいが泰山坊を見上げて言った。

「ご祈禱の前に、大黒さまの姿を借りた死神がどこにいるのか、大先達さまに見ていただきたいのですが」

むむ、とうなった泰山坊が、連れの二人を振り返った。

黄山坊と廬山坊は、あてどない眼差しを家の中にさ迷わせていたが、そのうち首から法螺貝を下げたほうが、座敷の一隅を指さした。

「そこの隅におる」

瓢箪を抱いたほうも相槌《あいづち》を打つ。

「うむ、そこにおる」

おけいは可笑《おか》しくなった。もうこの家に大黒さまのお化けはいない。しかも二人の大先達が指さしているのは、丑之助が隠れている衝立だった。

「では、黄山坊どの、お願いいたします」

泰山坊にうながされた山伏が、法螺貝に息を吹き込んだ。勇ましい音が響き渡ると思いきや、ぷすぅー、ぷすぅー、と間の抜けた音が鳴るばかりだ。

「むむ、次は廬山坊どの、お願いいたします」

明らかに焦っている泰山坊が、瓢簞を抱えた山伏を押し出して言った。

「これなるは大峰山の山ふところ、洞川《どろがわ》より湧き出したる水を汲み、七日七晩ご祈禱をした、霊験あらたかな聖水である」

泰山坊の前置きに合わせ、ゆっくり衝立に歩み寄った廬山坊が、瓢簞を掲げて聖水を振り撒こうとした、そのとき――、

「こらーっ、やっぱりおまえらかっ」

怒号とともに、衝立の向こうから丑之助が飛び出した。

「うわ、まずい！」

「ずらかれ！」

大先達の逃げ足は速かった。法螺貝と瓢簞を投げ捨て、ぽかんとしている泰山坊を置き去りにして、二人並んで表戸から外へ飛び出した。

しかし、逃げ切ることはできなかった。おけいが外へ出たときには、どちらの大先達もすでに取り押さえられ、縄をかけられているところだった。その場を仕切っているのは、丑之助配下の岡っ引きである。

やがて座敷の奥から、泰山坊の首根っこをつかまえた丑之助が現れた。

「騒がせてすまなかった。こいつは大峰山の山伏なんかじゃない。堺町《さかいちょう》の芝居小屋に出入りしている留吉《とめきち》という小者《こもの》だよ。仲間にそそのかされて、いかさま祈禱でひと稼ぎしようとしていたのさ。そうだな、留吉」

丑之助のごつい腕に引きずられ、『うへぇ』と泰山坊が情けない声を上げた。

定職をもたない若い衆が、簡単な呪文を唱えるだけで心づけをもらう山伏をうらやましく思い、あれなら自分たちでもできると考えたらしい。

「近ごろ町で見かける山伏たちの大半はこういった連中だ。困ったものだよ」

すっかり観念したのか、泰山坊——否、小者の留吉はしょんぼりと肩を落とし、丑之助の手で番屋へ引っ立てられていった。

晦日《みそか》の午後、おけいはひと月暮らした別宅を出て、小柳町の茜屋を訪ねた。

奥向きの座敷でせわしなく身体を揺すりながら待ちかまえていたお松は、おけいが座るより先に口を開いた。

「さあ、教えてくださいな。いったい何人の女があの家に出入りしていたのですか。二人かしら、三人かしら、まさか、もっとたくさんなんてことは——」

妄想で息を詰まらせてしまいそうなお松に、おけいはゆっくりと、別宅を訪ねてきた女など一人もいなかったと告げた。

「一人も、いない、本当に？」

お松の身体の揺れが止まった。

「あらぁ、そんなはずありませんわ。だって私が聞いたところでは……」

傍で異議を唱えようとする侍女どのには、別宅の近くに有名な嘘つき娘が住んでいることを伝えた。その娘が相手かまわず空言《そらごと》を吹き込むのだと聞いて、侍女どのはきまり悪そうに黙してしまった。

「わたしが拝見しましたかぎり、旦那さまは別宅にいるあいだ、ずっと縫いものに没頭しておいでした。あすこにいるとよい考えが浮かぶそうで、今回はこれを」

おけいは風呂敷に包んで持参したものを、お松の前に押し出した。

「まあ、きれい……」

お松が手に取ったのは、昨夜ひと晩かけて茂兵衛が縫い上げた試し品の巾着だった。

全体のかたちは今まで茜屋が手がけてきたものと大差ない。しかし胴の部分にほどこされた細工は驚くほど手が込んでいた。淡い紅や黄色、青などの色布を紐状の黒い布で縁取りながら接ぎ合わせ、ひび割れた薄氷《うすごおり》のような模様に仕上げてある。そして、正面に配されているのは、やはり黒布で縁取りをされた、真っ白なウサギの絵柄であった。

来年は卯年《うどし》でもないのに、なぜ正月向けの巾着にウサギの絵を入れるのか、おけいはいぶかしく思っていた。その理由は、出がけに巾着を託されたときに知った。

「お松さまと末のお嬢さまが、卯年のお生まれだそうですね。さっき旦那さまが教えてくださいました」

茜屋には卯年の女が二人もいる。西洋寺のギヤマン窓を模した模様の中にとり入れるべき絵柄を考えたとき、茂兵衛は迷わず白いウサギを選んだという。

「お松さまが心配なさるようなことは、いっさいございませんでした」

最後にそう言い残して、おけいは茜屋をあとにした。

◉

出直し神社を覆い隠すほど茂っていたススキは、わずか数日のうちに消えていた。

見晴らしのよくなった境内に、今度は竜胆《りんどう》の青い花が咲き広がるさまを簀子《すのこ》縁《えん》で眺めながら、おけいは今回の顛末《てんまつ》をうしろ戸の婆に語り終えた。

「そうかい。いろいろあったようだが、お松さんが思い違いをしたまま、どこにもいない相手を呪わなくてよかったじゃないか」

思い返せば近所で山伏の祈禱《きとう》が行われたと知ったお松が、亭主の浮気相手を呪ってくれと頼みにきたのが、ことの発端だった。

「山伏といえば、茜屋さんの別宅に押しかけた連中はどうなったんだい」

「泰山坊の留吉さんでしたら、今朝、番屋から帰されたそうです」

山伏に化けていたとはいえ、留吉は根っからの悪人ではなく、騙《かた》りの仲間に加わったのも今回が初めてだった。茂兵衛が目こぼしを願い出たこともあり、丑之助にお灸《きゅう》をすえられただけで放免となったのだ。ただし黄山坊と盧山坊の二人は、前々から悪事に手を染めていたらしく、奉行所でお裁きを受けることになりそうだ。

『ぽう、ぽぽう』

高欄《こうらん》にとまった閑古鳥が、『ほう、そうか』とでも言いたげに鳴いた。

そんな閑古鳥のため、婆は夕餉《ゆうげ》用の芋《いも》の煮っころがしを取り分けてやろうとしている。

「婆さま。わたし、まだわからないのです」

おけいはずっと考えあぐねていることを口に出した。

「どうして宗助さんは、大黒柱の中に証文を隠したりしたのでしょう」

甥の茂兵衛が心苦しく思わなくてすむようにと、肩代わりした金子について何も語らなかった宗助なのに、肝心の証文を処分しなかったのはなぜだろう。いずれ始末するつもりで忘れてしまったのか。それとも――。

「知ってほしかったのだろう」

煮っころがしの小皿を高欄の上に置いて、うしろ戸の婆が言った。

「生きているうちに恩着せがましいことを言わなくても、いつか証文が見つかれば、本心をわかってもらえるかもしれないからね」

その言葉は、おけいの心にすとんと落ちた。

（そうだ、宗助さんは寂しかったのだ）

たった一人の甥に憎まれ、広い古家でひとり過ごす晩年は寂しかった。肩をこらした大黒さまは、本当は茂兵衛に嫌われたくなかった宗助の、切ない思い残しがかたちとなって現れたものだったのかもしれない。

ようやくすっきりしたおけいは、白衣の袂《たもと》に入れていたものを簀子縁に並べた。

「おや、布細工の金魚かね」

「いいえ、わたしが作った守り袋です」

おけいの守り袋は、ひとつとして同じものはなかった。角が丸みを帯びたもの、歪んだもの、小さすぎるもの。どれも嬉しそうに日の光を浴びている。

「いかがですか、婆さま」

「なんともはや……」

絶句する婆の代わりに、煮っころがしを丸呑みした閑古鳥が、『あっぽう』と鳴いた。

第二話

千に三つのまことへ
——たね銭貸し銭五文也

九月九日は重陽《ちょうよう》の節句である。祭壇に飾る野菊の花を摘んでいたおけいは、笹藪《ささやぶ》の小道から現れた男の児《こ》を見て跳び上がった。

「逸平さんじゃありませんか」

「よかった。おけいさんに会えたということは、ここが出直し神社なのですね」

逸平はつぶらな瞳で、枯れ木の鳥居とその向こうの社殿《しゃでん》を見渡した。

「わざわざ節句の休みにきてくださったのですか」

来訪を喜ぶおけいに、塾は数日前から休みになっているのだと逸平が答えた。

先月の上旬から江戸の南側で流行《はや》りはじめた風邪《かぜ》は、いまや市中全域で猛威を振るっていた。死人の数こそ少ないが、しつこい熱と咳《せき》が何日も続いて患者を苦しめる。ほとんどの塾や手習い処《どころ》は臨時の休みとなっているらしい。

「そんなわけで暇を持て余しておりましたので、茜屋の茂兵衛さんから文《ふみ》をお預かりしてきました。うしろ戸《ど》さまと、おけいさんにも読んでいただきたいとのことです」

いかにも元気そうなお使い役の子供を、おけいはすぐさま社殿へ連れて行った。

「――ふむ、なるほど」

差し出された書面に目を通すと、うしろ戸の婆《ばば》はそれをおけいに渡してよこした。

茂兵衛の書いた文字は仮名まじりでわかりやすく、漢字の読み書きが得意とまではいかないおけいへの思いやりが滲《にじ》み出ている。

「何が書いてあったか、わかったかい」

「はい。わたしに諒白《りょうはく》先生の診療所を手伝ってもらいたいとのご依頼ですね」

こともなげに答えてみせる頬《ほお》が火照《ほて》った。

松枝町に診療所をかまえる諒白は、商家の奥方たちに引っ張りだこの流行り医者として知られている。まだ二十八歳の若さだが、総髪に縞《しま》の袴《はかま》が似合う二枚目というだけでなく、医師としての評価も高い。身体《からだ》が丈夫でない茂兵衛などは、諒白にあらんかぎりの信頼をよせ、手ずから縫い上げた刀袋を贈るほどの気のつかいようなのである。

その諒白医師が、診療所の人手が足りずに難儀しているという。

「先生ご自身も横になって休む暇もないほどお忙しいようで、今月に入ってからは流行り風邪の患者や家族たちが、診療所の外まで並んでいると聞いています」

逸平の話によると、今はどの町医者も風邪の患者を診《み》ることに追われており、とりわけ以前から貧しい人々に治療の手を差し伸べてきた諒白のもとへは、薬を求める患者や家族が大勢詰めかけている。そんな多忙な中、頼りになる助手が風邪で倒れ、下働きの女まで来られなくなってしまったという。

「婆さま、どういたしましょう」

「どうもこうもないよ」

すでに腰を半分浮かせているおけいを見て、うしろ戸の婆が笑った。

「好きにするといい。どのみち流行り風邪が収まるまでは、貧乏神の社《やしろ》を詣でる客などいないだろう。行って嘘《うそ》の中のまことを見抜いておいで」

おけいはその日のうちに、先月末まで住み込んでいた茜屋の別宅を訪ねた。

すでに逸平から承諾の返事を聞いていた茂兵衛は、大黒柱の前で縫いものをしながら、おけいが来るのを待っていた。

「引き受けてくれるそうだね、こんな時期に申し訳ないが助かるよ」

「もうお身体はよろしいのですか。あれから寝込まれていたとうかがったのですが」

おけいが別宅を去った翌朝、茂兵衛は喉《のど》の痛みを訴え、その後は発熱と咳嗽《がいそう》で三日三晩苦しんだと聞いている。

「いや面目ない。さっそく流行り風邪にやられてしまったが、今は咳が少し残る程度だから大丈夫だ」

たしかに軽く咳き込んではいるが、顔色そのものは悪くない。

「大きな声では言えないが、伝次郎さんの風邪をうつされたみたいでね。覚えているかな、伯父の証文について話を聞かせてもらったとき、喉の調子がよくないと言っていただろう。あの日の夕方から伝次郎さんは熱を出したらしくて――」

差配《さはい》の伝次郎は、二日遅れで発症した茂兵衛より長く寝ついた。すでに床上げしたものの、仕事を見習いの若者に任せて養生《ようじょう》を続けているという。

「平素は私などより元気に見えるけど、やはり六十半ばのお歳《とし》だからね」

自分が思いのほか早く回復できたことに、茂兵衛は気をよくしている。縫いかけの巾《きん》着《ちゃく》を横に置くと、立ち上がって土間に下りた。

「さっそく諒白先生のところへ挨拶に行こう。荷物は二階に上げておきなさい。診療所まで二町と離れていないのだし、この家で寝起きすればいい」

茂兵衛の言葉に甘え、おけいは以前のように別宅で寝泊まりしながら、診療所を手伝うことになったのである。

諒白の診療所がある町屋敷の裏庭で、おけいは朝の水汲《みずく》みをしていた。

江戸は大部分が埋立地であることから、地面を掘っても飲み水は得られない。したがって人々が毎日の暮らしに使うのは、玉川《たまがわ》上水を引き込んだ水道井戸だ。

浅い水道井戸から水を汲むために、釣瓶《つるべ》を設けているところもあれば、長い柄杓《ひしやく》を置いているところもある。松枝町の町屋敷では、みな長柄杓を使って水を汲んだ。

（あーあ、またお水が半分しか入っていない）

極端に背の低いおけいは、柄の長さが六尺（約百八十二センチ）もある長柄杓を扱うのが苦手だった。釣瓶を使うときの倍近い時間をかけて、ようやく台所の水瓶《みずがめ》と煮沸《しやふつ》用の鍋《なべ》を満たした。

いつでも湯が沸かせるように支度を整えると、次は診療所の掃除だった。もとは大きな問屋だったという家屋は広々として、おけいとしても掃除の甲斐《かい》がある。

まず患者の待合処《まちあいどころ》となっている表側の座敷から手をつける。八畳間ほどの広さがあるが、今は訪れる患者の数が多いので、土間にも腰かけが用意されている。

次の小座敷は受付処である。待合処とのあいだに間仕切り用の長机が置かれ、患者の住まいと名前を帳面につけたり、薬を渡したりするのに使われている。

おけいは長机の上をていねいに拭《ふ》きながら、諒白の助手になったつもりで待合処を見渡した。こんな些細《ささい》なことが心ひそかな楽しみだったりする。

諒白が患者を診るのは、診察処と呼ばれる奥座敷だ。ここには待合処から廊下を伝って、患者が行き来できるようになっていた。

廊下を拭きながら診察処へ入ると、薬簞笥《くすりだんす》が壁に沿って並んでいるのが見える。小さな引き出しのひとつひとつに貴重な生薬《しょうやく》が入っており、諒白が診察の合間に薬を調合する。近ごろは多忙なため、夜中までかかって丸薬《がんやく》を練っているようだ。

どの部屋も清潔を保つためか、掃除がしやすい板座敷になっているのが、おけいにとってありがたいことだった。

(さあ、急がないと、気の早い患者さんがきてしまうわ)

診療所の座敷をきれいに拭き終え、表道の掃き掃除までですませると、裏庭に面した台所で湯を沸かす。薬缶《やかん》が白い湯気を立てるころ、二階の寝間から諒白が下りてきた。

「おはようございます、おけいさん。毎朝きれいにしていただいて助かります」

「お、おはようございます。いま梅入りの番茶をお持ちいたしますから」

うっすら頰を染めつつ、おけいは茶托《ちゃたく》にのせた湯飲み茶碗《ぢゃわん》を諒白の前に置いた。朝一番に小さな梅干しを入れた番茶を飲むのが、諒白の日課なのだ。

朝から折り目正しく黒羽織と縞《しま》の袴《はかま》を身につけた諒白は、寝る間を削って働いているとは思えないほど端正な佇《たたず》まいを保っていた。総髪の髷《まげ》もきちんと整い、おけいの視線は、ついついそちらを向いてしまう。

六つ半（午前七時ごろ）になると、裏長屋のおかみさんが朝餉《あさげ》を運んでくる。昼と夜は仕出し屋の冷めた弁当だが、朝だけでも炊きたての飯と温かい味噌汁《みそしる》をいただけるのが、秋の気配が濃くなりはじめた今の時候にはありがたかった。

「すみません、先生。また寝過ごしてしまいました」

食膳《しょくぜん》が整うころ、若い助手があたふたと階段を下りてきた。

「かまいませんよ。先に二階の人たちへ粥《かゆ》を運んでやってくださいますか」

「承知いたしました」

助手とおけいは、それぞれに粥が載った膳を抱えて階段を上がった。

二階には数日前から寝ついている助手と、昨日倒れた助手が枕《まくら》を並べて寝ている。よほど身体が疲れていたのか、どちらも熱と咳がひどく、まだ飯もろくに喉をとおらない。

慌ただしく朝餉をすませ、諒白は診察の支度にかかり、風邪をひいていないただ一人の助手も、受付処で使う墨をすりはじめた。

おけいが朝餉の片づけをしているところへ、青侍といった風情《ふぜい》の男が裏から入ってきた。諒白が臨時の手伝いとして通わせている実家の用人《ようにん》である。

「おはようございます。表に十人ほど待っている患者がおりましたよ」

「もう、そんなに！」

平時であれば、諒白の診療が始まるのは朝の五つ（午前八時ごろ）を過ぎてからだ。今は常ならずということで早めに戸を開けるようにはしているが、患者が外に並ぶ時刻も日ごとに早まっている。

「お待たせいたしました。お入りください」

諒白の了承を得て、おけいは昨日より早く表戸を開けた。

「どうもお世話になります」

「今日はお薬だけ頂戴にあがりました」

「うちのガキが今朝からぐったりしてるんだ。早く診てやってくれよう」

諒白の評判を聞きつけてきた者や、いつもの薬をもらいにきた常連、子供を抱いておろおろする父親などが、どっと待合処になだれ込んでくる。

「先に来られた方から受付をすませてくださぁい。順番がきたらお呼びいたします」

患者たちが長机の前に群がっていちどきに名乗るので、受付を任された用人はてんてこ舞いだ。とりあえず順番と名前が帳面に記されると、今度は助手が待合処をまわって、それぞれの話を詳しく聞き取った。

「旅籠町《はたごちょう》の弥衛門《やえもん》さんは、数日前から咳が止まらないのですね。だるま長屋の平太《へいた》さんは、お子さんの具合が悪いと。――ああ、これは確かに熱が高いな。先に診ていただけるよう先生にお願いしてきましょう」

下働きにきているおけいも、年寄りの手を引いたり、順番が違うと怒りだす者をなだめたりして、できるかぎり助手の仕事を助けた。まだ診療所にきて三日目だが、忙しいなかで立ちまわるのには慣れている。

そのうち朝一番の患者たちが落ち着いたのを見届けると、昨日の診療で使った敷布や手ぬぐいを抱えて井戸端に移り、大洗濯に取りかかった。


昼を過ぎても診療所には次々と患者が訪れた。休む暇もない助手が昼餉をとるあいだだけ、おけいが代わって待合処に入ることになった。

「ごめんください、お願いいたします」

さっそく土間に入ってきたのは、商家のおかみさん風の若い女だった。紅葉《もみじ》と扇の裾《すそ》模様が描かれた着物に鹿《しか》文様の帯を合わせた小綺麗《こぎれい》ないで立ちは、診療所などより芝居見物へ出かけたほうが似合いそうだ。

「どうぞお上がりになって、あちらでお住まいとお名前をおっしゃってください」

女は控えめに会釈《えしやく》をし、受付処の前に進み出た。

「元岩井町の善二郎《ぜんじろう》の家内ですけど、主人がお薬を切らしてしまって……」

「はいはい。薬だけでよろしいのですね」

先刻から若い娘の患者にしつこく話しかけられて困っていた用人は、これ幸いとばかり女のほうへ顔を向けた。

「いつもの丸薬を五包お願いします。のちほど別の者がいただきにあがりますので」

女はそれだけ言うと早々に帰っていった。

「ちょっときれいな人でしょう。いいお召物だったしね」

「えっ?」

いきなり耳もとで話しかけられ、おけいはびっくりした。さっきまで用人相手に話していた娘が、こちらに矛先《ほこさき》を向けたらしい。

「あのおかみさん、うちと同じ町屋敷に住んでいるの。親子かと思うほど歳の離れたご夫婦で、旦那さんが遊女を身請《みう》けしてお嫁さんにしたのですって」

「そうですか……」

相手の困惑などおかまいなしに娘はしゃべり続けた。歳は十七歳のおけいと同じくらいだろうか。のっぺりと平坦な顔の中で、小さな目が瞬《まばた》きもせずこちらを見ている。

「あのお召物も旦那さんにねだって買ってもらったのよ。あたしもね、じきに新しい着物を三井越後屋《みついえちごや》で作ってもらうの。なるべく明るい色目の振袖《ふりそで》がいいわ」

「そうですね……」

娘のみすぼらしい碁盤格子《ごばんごうし》の着物を眺めながら相槌《あいづち》を打つ。

「お父《とっ》つぁんは季節を問わない松の柄にしなさいっていうけど、年寄り臭くていやだな。あたしにはもっと華やかな絵柄のほうが似合うもの。ねえ、そう思わない？」

おけいが返事に困っていると、昼餉をすませた助手が急ぎ足で戻ってきた。

「またあなたですか、おみつさん。先生はお忙しいので患者さんとしかお会いできないと、先日も申し上げたでしょう」

「あら、あたしも患者よ。諒白先生に治してもらいたいのに」

おみつと呼ばれた娘は不服そうだったが、すぐ思い直したように土間へ下りた。

「もういいわ。あたしだって忙しいの。今から木村座で毬之助《まりのすけ》のお芝居を一幕だけ見て、夜は料理茶屋のご馳走《ちそう》をいただくのよ」

言いたいことを言うと、戸口ですれ違った男の足を踏んづけたのにも頓着《とんちゃく》しないで行ってしまった。

「やれやれ、おけいさんもお昼にしてください。差し入れもありますよ」

疲れた顔の助手が振り返る。

「ありがとうございます」

おけいは台所へ下がる前に、泥のついた足袋《たび》を見下ろしている患者へ声をかけた。

「よろしければ、足袋をお拭きしましょうか」

「いや、もういい。まったく、あの娘はどうしようもない……おや？」

「あら？」

年配の患者とおけいは、互いに顔を見合わせた。

「あんた、茂兵衛さんのところにいた巫女《みこ》さんじゃないか」

先にそう言ったのは、このあたりの表店《おもてだな》や裏長屋の管理をしている差配の伝次郎だった。前に会ったときの格式ばった黒紋付きではなく、袷《あわせ》の紬《つむぎ》に綿入れのちゃんちゃんこという気楽な格好だったので、すぐには気がつかなかった。

「これは驚いた。いつから診療所で働いていたのかね」

「三日前からお手伝いをさせていただいております。伝次郎さんこそ、もう出歩いてもよろしいのですか」

風邪は他人にうつせば早く治るなどと言われるが、茂兵衛に流行り風邪をうつした当人が十日も寝込んだことは、おけいも聞き及んでいる。

「ゆっくり歩く程度なら大丈夫だ。これほど長引くとは思わなかったが、諒白先生に助けられたよ。苦い薬湯《やくとう》は苦手だと言ったら、ちゃんと丸薬を用意してくださった」

まだ若い諒白が流行り医者になったのには、外見のよさとは別の理由もあった。薬湯が飲めない者に、特製の丸薬を処方してくれるのである。

受付処へ行き、前と同じ丸薬が五包欲しいと告げた伝次郎に、おけいは足を踏んづけていった娘について聞いてみた。

「ああ〈せんみつ〉のことかね」

鬼瓦を思わせる伝次郎の眉間《みけん》に、太い縦皺《たてじわ》がよった。

「せんみつ……?」

「あれは〈千駄屋《せんだや》〉という下駄《げた》屋の娘だ。千駄屋のおみつだから〈せんみつ〉なのだが、本当はもうひとつ意味があって――」

「た、た、助けて……」

消え入りそうな、しかし聞き捨てならない声が伝次郎の声と重なった。

「先生、助けてくれぇ」

表戸の隙間《すきま》から男が滑り込むように入ってきたかと思うと、そのまま崩れ落ちた。

おけいは裸足《はだし》で土間に飛び下り、男の肩を支えた。

「しっかりしてください。どうなさったのですか!」

「朝から女房と子供らがゲロゲロ吐くんだ。下痢もひどくて止まらねえ。お、俺も、さっきから気持ちが悪くて――」

男がこらえきれずに嘔吐《おうと》して倒れた。

「誰か、先生を!」

おけいが叫ぶより早く、助手が廊下の奥へ走って諒白を呼んできた。

諒白は自分の着衣が汚れるのもかまわず吐瀉物《としゃぶつ》まみれの男の脈をとると、いつもの落ち着いた声で助手と用人に命じた。

「すぐ奥へ運びなさい」

「待ってください、先生！」

患者の横について診察処へ行こうとする諒白に、おけいが必死の声をかける。

「その人のおかみさんと子供さんたちも、吐き下しで苦しんでいるそうです」

「住まいはどこかわかりますか」

「それは……」

あいにく男がどこの誰かは聞いていない。

代わって答えたのは、邪魔にならないよう脇によけていた伝次郎だった。

「あれはオケラ長屋の勘助《かんすけ》ですよ。前に私が差配をしていた白壁町《しらかべちょう》の長屋ですから場所もわかります」

たしか子供は二人いたはずだと言い添える伝次郎に、諒白がうなずいてみせる。

「すぐ助手を向かわせます。案内を頼めますか」

「もちろんですとも」

大張り切りの伝次郎は、診察処から引き返してきた助手を連れて出ていった。

自分が病みあがりで薬をもらいにきたことなど、すっかり忘れたかのようであった。

「ふふ、伝次郎さんらしい。鬼瓦のような顔に似合わず面倒見がよくて親切なのだよ」

別宅に戻り、診療所での出来事を話して聞かせるおけいに、茂兵衛は針を持つ手を動かしながら微笑《ほほえ》んだ。

「それで吐き下しのご家族はどうなったのかね」

大丈夫だったとおけいは答えた。

助けを求めにきた亭主も、家でのたうちまわっていた女房と二人の子供も、出すものを出してしまうと次第に症状は治まった。今は諒白の処方した薬湯を飲み、親子四人が長屋の四畳半に枕を並べて寝ているはずだ。

「まさかと思うが、新しい流行り病ではないのだろうね」

「いいえ、朝餉の味噌汁がいけなかったみたいです」

味噌汁の具材は新鮮なナメコと豆腐のはずだった。しかし、布団の中でしくしく泣いている子供たちを諒白が問いただしてみると、裏庭で採ってきた得体のしれないキノコを、悪戯《いたずら》半分に鍋の中へ入れてしまったと白状した。

「なんと毒キノコだったのかい。吐き下しですんだのは不幸中の幸いだが、よりによって忙しいときにお騒がせだったな」

「でも、先生はご立派でした」

諒白は白壁町の長屋と診療所とを幾度も往復して、キノコ中毒に苦しむ家族の処置をした。それが一段落するころには、診療所の中は大勢の患者でごった返していたが、慌てず、騒がず、休憩もとらずに診療を続けた。

何があっても落ち着きを失わない諒白を思い出すと、おけいはつい胸が熱くなってしまう。そんな自分を茂兵衛の優しい目が見ていることに気づき、慌てて話題を変えた。

「そんなこんなで、伝次郎さんとのお話が中途半端に終わってしまいました。千駄屋のおみつさんについてうかがっていたのですが」

「おみつさんのことならうちと同じ町屋敷だし、私も少しは知っているよ。確かあの娘のほかにも、千駄屋さんには跡取り息子と末っ子の娘がいるのだが、悪い癖があるのはおみつさんひとりでね。家族は困り果てているらしい」

おみつの悪い癖とは、嘘を言いふらすことだった。

誰かれかまわずつかまえては、思いつくかぎりの空言《そらごと》を並べる。他愛《たわい》のない中身ならまだしも、ときには他人《ひと》さまの評判に関わる作り話を吹聴《ふいちょう》することもあり、相手から怒鳴り込まれたことも二度や三度ではないという。

以前、茂兵衛が別宅に何人もの女を引き入れていると言いふらして、お松の心に波風をたてたのも、今思えばおみつの仕業だろう。

「不思議だね。嘘のつき方など誰が教えたわけでもなかろうに、おみつさんは物心ついたころから本当ではないことを、さも本当のように話す子供だったそうだ」

おみつが六歳のとき、四つ下の妹が井戸に落ちたと騒いだことがあった。大人たちは大慌てで井戸を探ったが、大して深くない水道井戸に子供の姿はない。首をかしげているところへ、兄に連れられて隣町の駄菓子屋へ行っていた妹が帰ってきた。

またあるときは、三人兄妹《きょうだい》のなかで自分だけがもらわれっ子で、本当の親は伊勢町《いせちょう》で大きな廻船《かいせん》問屋を営んでおり、もうすぐ迎えにきてくれるのだとふれまわった。

こんなことが重なるうち、おみつが天性の嘘つきであることは近隣の誰もが知るところとなり、やがては千のうち三つしか本当のことを言わない〈せんみつ〉とあだ名されるようになったのである。

そこで、おけいはふと、うしろ戸の婆に授けられた短い言葉を思い出した。

『嘘の中のまことを見抜いておいで』

あれは、おみつのことをさしていたのだろうか。嘘つき娘が吹きまわる千の嘘の中から、三つのまことを見抜いてこいというのか――。

急に黙り込んだおけいを見て、茂兵衛が再び手を止めた。

「気分が悪いのかね。だったらすぐ横になったほうがいい」

何でもないと答えるおけいに、なおも茂兵衛は気をつかう。

「自分が呼び寄せておいて心配するのもおかしな話だが、診療所では流行り風邪の患者と間近に接するだろう。諒白先生のお役に立ってくれるのはありがたいが、無理だけはしないでおくれ」

「大丈夫です。わたしはまだ大風邪をひいたことがありませんから」

本音を言えば、ひどい咳をしている患者に囲まれるのはおけいも怖い。しかし、諒白の診療所はまったく人手が足りていなかった。

三人いる助手のうち、古株の二人が寝込んだだけでも大変なのに、下働きの女中まで家族が次々と熱を出して働くことができずにいる。諒白の実家から用人が手伝いにきているものの、慣れない仕事に手間取ることも多い。臨時の働き手を雇おうにも、流行り風邪の患者がわんさといる診療所で働きたがる者など誰もいない。

「昨日、先生が往診の途中で茜屋に立ち寄られて、こんなときに働き手を世話してもらって本当にありがたいとお礼を言われたよ。おけいさんのことも、気が利くうえに骨惜しみをしない、よい娘さんだと褒《ほ》めていらした」

「諒白先生がそんなことを……」

日没後の冷えはじめた座敷の中で、おけいの頰が赤く染まった。

「おかげで私は鼻が高いが、おけいさんにもしものことがあったら、うしろ戸さまに申し訳が立たない。具合が悪いときは遠慮せずに言っておくれ。いいね」

「はい、そういたします」

話の区切りがついたとき、外に迎えの駕籠《かご》がきた。

これから茂兵衛は、得意先との寄合いの席で、延び延びになっていた巾着のお披露目《ひろめ》をすることになっている。

「風邪で来られない者もあるようだが、師走《しわす》のはじめに売り出すなら、もう縫いにかからないと間に合わない。ぜひとも今夜の寄合いで承諾を得たいところだ」

いつになく表情が険しい。西洋寺のギヤマン窓を模した巾着は、仕上がりが繊細で美しい分、縫い上げるのに暇がかかってしまうのだ。

「今夜は店に帰って休む。戸締りをしっかり頼むよ」

何度も用心をうながす茂兵衛を、おけいは表道で見送った。


空には薄い暈《かさ》をかぶった十二夜の月が浮かんでいる。

茂兵衛の乗った駕籠を見送り、明日は雨になるかもしれないと思いながら月を見上げていたおけいは、通りの向こうから歩いてくる人影に声をかけられた。

「ぼんやりしてどうした」

「あ、依田《よだ》さま。いつもご苦労さまです」

定町廻り《じょうまちまわ》同心の依田丑之助《うしのすけ》は、本物の牛を思わせるゆったりした動きで立ち止まった。

「おけいさんこそ大変だろう。諒白先生を手伝っているそうだが、今あの診療所は江戸のどんな大店《おおだな》より忙しいはずだ」

　自分はそうでもないと、おけいは答えた。あくまで下働きの手伝いだからという理由で、どれほど忙しかろうと暮れ六つ《む》（午後六時ごろ）になれば帰宅させられてしまう。諒白自身は真夜中まで薬の調合に追われているというのに。

「あの先生らしい。頭にクソがつくほど真面目《まじめ》なお人だから」

「依田さまこそ、こんな時刻まで働いてらっしゃるではありませんか」

　そろそろ六つ半（午後七時ごろ）になると言うおけいに、丑之助が鼻の頭を掻《か》きながら白状した。

「仕事はとうに終わったさ。この近くの柄巻師《つかまきし》に用があって立ち寄っただけで……」

　柄巻師とは、刀の柄の部分だけを仕上げる職人のことである。今朝方、柄の巻き直しを頼みに行った丑之助は、馴染《なじ》みの柄巻師に耳もとでささやかれたという。

『珍しい刀を客から預かりました。ご覧になりたければ今晩にでも』

　丑之助は刀剣が好きで、名匠の刀が手もとにきたときには自分にも拝ませてほしいと、前々から柄巻師に頼んであったのだ。

　ところが夜になるのを待って元岩井町の家を訪ねてみると、朝には元気だった柄巻師が土気色の顔をしていた。何度も咳き込むだけでなく、胸の奥からひゅーひゅー隙間風のような音がするのを聞いた丑之助は、日を改めることにして出てきたのだった。

「その人、もしかして流行り風邪ではないでしょうか」

眉を曇らせるおけいに、たぶん違うと丑之助は言った。

「いわゆる喘息《ぜんそく》持ちというやつだ。いつもの薬を飲んだからじきにおさまると言っていたが、また明日にでも見舞いがてらのぞいてくるよ」

調子がよさそうなら珍しい刀とやらを見せてもらおうかな、などと呑気《のんき》そうな欠伸《あくび》までかましながら、若い同心は八丁堀《はっちょうぼり》の役宅へ帰っていった。

自分も家に入ろうとしたおけいは、目の前を横切る若い娘に目をとめた。ぼやけた月明かりの下でも、平坦な横顔と垢《あか》抜けない格子柄の着物を見れば、それが千駄屋のおみつであるとわかる。

一人でどこへ行くつもりなのか、おみつはふらふらと通りの向こうへ消えた。

◉

翌日の朝、表戸を開けてしばらく経《た》った診療所に、男の患者が飛び込んできた。

「おい、聞いたか。この先の町屋敷で殺しがあったらしいぞ」

待合処で順番を待つ患者たちは、みな驚いた顔を土間に向けた。

「いや、聞いてねえ。朝から物騒《ぶっそう》な話だな」

「この先って、どこなのさ」

にわかに注目を浴びた男は、ふふん、と得意げに鼻を鳴らした。

「聞きたてほやほやの話だが、知りたいなら教えてやるよ。元岩井町二丁目の町屋敷だ。西向きの一軒家に住んでいた柄巻師が、首を斬られて死んだとさ」

待合処がざわついた。足弱な患者に手を貸していたおけいも鳥肌が立った。茜屋の別宅がある町屋敷こそ、元岩井町二丁目なのだ。

（柄巻師と言ったけど、昨晩、依田さまが話していた人では……）

自分が眠っている目と鼻の先で殺しが行われていただけでも恐ろしいのに、丑之助の知り合いが殺されたのかと思うとよけいに気にかかる。だからといって、仕事を投げだして見に行くわけにはいかない。

そんなおけいの歯がゆさを補うように、診療所を訪れる患者たちの口から、次から次へと新しい噂《うわさ》がもたらされた。

「亡骸《なきがら》を見つけたのは通いの女中だ。女房は何も知らずに朝寝していたらしい」

「刀でばっさりやられて、ホトケさんの首が転がっていたと聞いたぜ」

「明け方の雨で足跡が消えちまったって、牛と馬がそろって難しい顔をしていた」

こんな調子で、昼を過ぎるころには居ながらにして事情通である。

ちなみに患者が言った『牛と馬』とは、定町廻り同心の依田丑之助と、その同僚の佐々《さ さ》木駿馬《き しゅんめ》のことだった。同い歳の二人は名前だけでなく見た目も気性も正反対であることから、常に比べられたり、ひとからげにされたりしているらしい。

殺された柄巻師のかかりつけだった諒白のもとへは、佐々木駿馬の使っている岡っ引きが話を聞きにきた。もとより首を斬られて死んだ患者について本科医が語れることはなく、形ばかりの聞き取りに終わった。

その夜、惨殺された柄巻師——善二郎の通夜が慌ただしく営まれた。

茂兵衛は昨晩に続いて大事な寄合いがあったため、同じ町屋敷に暮らす者として、おけいが焼香へ赴くことになった。

「このたびはまことにご愁傷さまでございました」

「どうも、わざわざ……」

白い着物で頭を下げたのは、いつぞや診療所にきていた若い女房だった。まだ亭主が死んだことがよく呑《の》み込めていないのか、心ここにあらずの風情である。そんな女房に代わって、お店者《たなもの》らしき男たちが通夜の席を取り仕切っていた。

「どうぞ、巫女さま。二階でお茶など差し上げておりますので」

「お茶はさっきいただきました。わたしはこれで」

早々に帰るつもりだったおけいは、男たちが着ている印半纏《しるしばんてん》を見て、はたと考え込んでしまった。前襟に染め抜かれた〈肥後屋《ひごや》〉の文字に覚えがあったからだ。

（肥後屋さんといえば、たしか……）

思案する小さな肩を、うしろから軽く叩《たた》く者がある。振り返れば、真っ白な髪を後家《ごけ》風に結った老女が微笑んでいた。

「よくきてくださいましたね、おけいさん」

「お師匠さま！」

今年の夏、おけいが住み込みで手伝っていた手習い処の女師匠・淑江《としえ》である。

「こんなかたちでお会いするとは思ってもみませんでした。とにかく二階へ行きませんか。少しお話しするくらいはかまわないのでしょう」

淑江の顔を見るのは久しぶりだ。おけいは誘いに乗って階段を上がった。

二階の座敷には簡単なふるまいの席がもうけられており、弔問に訪れた客が十人ばかり飲み食いをしていた。同じ町屋敷で見かけたことのある顔ぶれが大半だが、差配の伝次郎なども柳原岩井町の自宅から駆けつけ、仕出しの寿司を食べていた。おそらくこの家の管理を任されていたのだろう。

「よう、おけいさん。ここに座らないか」

奥のほうに座っている男が親しげに呼んだ。いつもの黒羽織がないのですぐにはわからなかったが、丑之助が着流し姿で酒を飲んでいるのだった。

「依田さまもお見えになっていたのですね」

おけいは勧められるまま、丑之助の横に座った。

「まあな。善二郎さんとは長い付き合いだったから」

「依田さまには、お父上さまの代から善二郎を贔屓《ひいき》にしていただきました。まだ私が元飯《もといい》田町《だまち》の店にいたころ、お父上さまと足をお運びくださったのが最初でしたね」

懐かしそうに言ったのは、おけいと並んで腰を落ち着けた淑江だった。今でこそ手習い処の女師匠として知られる淑江だが、七年前まで生家の肥後屋を手伝っていたのだ。

肥後屋は古くから続く〈拵屋《こしらえや》〉である。刀剣の装具をととのえるのが拵屋の仕事で、刀身の研ぎから金具の修理まで、刀に関する一切を引き受ける。柄、鍔《つば》、鞘《さや》などの主だった拵《こしら》えは、それぞれ専門の職工たちの手に委ねられ、亡くなった善二郎のように柄の拵えをもっぱらとする者は柄巻師と呼ばれた。

住み込みの柄巻師として肥後屋に奉公していた善二郎は、わざわざ遠方から訪れる客がいるほど腕のよい職工だったのだが、四十を過ぎたあたりから持病の喘息が悪化し、年を追うごとに咳き込む頻度が増えていったらしい。

「それでも本人は奉公を続けようとしてくれたのですが、年々見ている側がつらくなるほどひどい咳に苦しむようになって、まだ余生を楽しめる元気があるうちに隠居させたいと、うちの甥《おい》っ子が言い出したのです」

淑江が言う『うちの甥っ子』とは、肥後屋の六代目店主のことである。

長年にわたって肥後屋に尽くした善二郎のため、店主は元岩井町に家を借りた。一人住まいは味気なかろうと、まだ二十歳だった女中のお露《つゆ》に話をつけ、残りの年季は明けたことにして、五十歳の善二郎に添わせる念の入れようだった。

（やっぱり、千駄屋のおみつさんが言ったことは出まかせだったのね）

おけいは診療所で聞いた話を思い返した。善二郎とお露が親子ほども歳の離れた夫婦であることは本当だが、お露は岡場所で身請けされたわけではなかったのだ。

「三年前にこちらで隠居暮らしをはじめてからも、善二郎はやれる範囲で肥後屋の仕事を受けてくれたそうです。どうしても善二郎に柄の巻き直しを頼みたいというお客さまが何人もいて、まだ当分は元気でいてもらいたいと、先日も甥と話していたのに……」

思いがけない善二郎の横死を淑江は悲しんだ。店主も古参の奉公人の死を悼み、せめて自分たちの手で通夜と葬儀をとり行うことにしたのだという。

「ところで、もう下手人《げしゅにん》の目星はついたのですかい、牛の旦那」

「腰据えて飲んでる場合かよ。善二郎さんの首を刎《は》ねたやつが、その辺をうろうろしているかもしれねぇんだろう」

横合いから無礼なことを言うのは、ふるまいの酒をしこたま飲んだ男たちだ。

「ああ、そのとおりだ。もう帰って明日に備えるとしよう」

酔っ払い相手に気分を害するでもなく、のっそりと丑之助が立ち上がった。

それを潮に差配の伝次郎と、静かに飲み食いしていた家族らしき四人連れが座を離れ、おけいも暇《いとま》を告げることにした。

階段を下りると、もう弔問の客は一人もいなくなっていた。

焼香台が置かれているのは上がり口に近い小座敷である。奥の座敷は惨劇の跡がそのまま使えないのだと、丑之助がこっそり教えてくれた。

おけいたちが外へ出るのと入れ違いに、腰に脇差《わきざし》を帯びた男が戸口に立った。諒白医師が診療を終えてかけつけたのだ。

「遅くなりました。明日の葬儀は失礼させていただきますので、今夜のうちにお焼香を」

「これは、お忙しいときに恐れ入ります」

淑江が諒白を迎え入れようとした、そのとき、すっ頓狂な声が夜の通りに響いた。

「ごめんなさい。あたしも遅くなっちゃった」

居合わせた一同はギョッとして振り返った。どこから湧《わ》いて出たものか、千駄屋のおみつが通りの向こう側に立ち、小さな目をきらきらさせている。

「お友だちと浅草《あさくさ》で遊んでいたの。オデデコ一座の怪談芝居が面白くて、何度も観《み》ているうちこんな時刻になっちゃったけど、今からお焼香させてもらっていいかしら」

「こ、これ、もうよしなさい」

四人連れの家族の中から男が声を上げた。察するところおみつの父親らしい。

「あら、いいじゃない。諒白先生だって来られたばかりでしょう。お腹《なか》がすいちゃったから、おふるまいのお寿司だけでも食べて帰りたい」

慎みのない娘の言葉に、千駄屋の両親と兄妹が恥ずかしそうに顔を伏せる。

「ささ、どうぞ先生。おみつさんも、ぜひ焼香をしてやってください」

見かねた淑江の取りなしで、おみつは大手を振って諒白のあとに続いた。

「ねえねえ、善二郎さんは殺されたのですってね。あたし、下手人を見たかもしれない。昨晩の五つを過ぎたころ、善二郎さんちの裏から出てきた人が落としものをして——」

嬉《うれ》しそうにはしゃぐ声が外まで聞こえてくる。

「やれやれ〈せんみつ〉には困ったものだ。通夜の席であんな出まかせを……」

苦々しげに吐き捨てる伝次郎の横で、丑之助が肩をすくめている。

千駄屋の家族は逃げるように、二軒先の家へ入っていった。

◉

九月十四日の朝も、諒白の診療所には大勢の患者がやってきた。ただし昨日までと比べて働く側に活気がある。二階で寝ていた助手の一人がようやく仕事に戻ってきたのだ。

「初めての方ですか、先にお住まいとお名前をお聞かせ願います」

「お子さんの熱が下がったのですね。それはよかった。先生にお伝えしておきます」

「本日の薬のお渡しは暮れ六つ以降になります。受け取りは明日でもかまいませんよ」

手慣れた者が受付処に加わっただけで、仕事が滞《とどこお》りなく流れてゆく。新米助手の心にも余裕ができたのか、敷布を畳んでいるおけいに笑顔で話しかけてきた。

「ここ数日の忙しさが嘘のようです。二日前なんてひどかったですからね。〈せんみつ〉は邪魔しに来るし、キノコ中毒の家族は出るし、夜の五つ近くになって、いつになったら薬がもらえるんだって、伝次郎さんのおかみさんが怒りだすし――」

助手の話が終わらないうちに、勢いよく戸を開けて患者が飛び込んできた。

「おーい、読売《よみうり》を買ってきたぞぉ。例の柄巻師が首を刎ねられた一件について、詳しく書いてあるんだとさ」

騒々しく座敷に上がったのは、昨日も善二郎が殺された第一報を運んできた男だった。男は待合処を見まわし、おけいと話していた助手に紙を突き出した。

「あんた字が読めるだろう。なんて書いてあるか読んでくれ」

「読売を買う元気があるなら、仕事に行かれたほうがよろしいのではないですか」

もっともな諫言《かんげん》に、男が拗《す》ねた子供のように口をとがらせる。

「だってよう、ほかの職人に流行り風邪をうつしちゃいけねえからって、当分は顔を出さないよう親方に釘《くぎ》をさされちまったんだ」

せっかく風邪が治っても仕事に戻れず、家にいると女房に邪魔扱いされる。行き場のない男は待合処で間をもたそうとしているらしい。

「暇つぶしに通われてもねえ……」

渋い顔をしながらも、助手は男から受け取った瓦版《かわらばん》の紙にざっと目を通すと、内容をわかりやすく話しだした。

「ええと、見出しは〈妖《あや》しい刀・其《そ》の一〉ですね。元岩井町の事件が発覚したときのことが書かれているようです。十三日の明け六つ（午前六時ごろ）、通いの台所女中が朝餉《あさげ》の支度にきたところから話がはじまっていて――」

その朝、善二郎はなかなか起きてこなかった。女房のお露が二階の寝間から下りてきたのが六つ半ごろ。お露が先に朝餉をすませても、まだ善二郎は起きてこない。よほど具合が悪いときでなければ、五つ（午前八時ごろ）近くまで寝ていることはまれだった。

「心配になった女中が見にいくと、仕事場と寝間を兼ねた座敷で、善二郎さんは死んでいました。仕事着のまま仰向《あおむ》けに倒れ、首をばっさり斬られていたそうです」

女中が悲鳴を上げ、何ごとかとのぞいたお露がもっと大きな悲鳴を上げた。騒ぎを聞きつけた隣人が、近くの番屋へ走って役人を呼んだのである。

「お役人の見立てでは、善二郎さんは前日の宵の口あたりに殺されたのではないかということです。床に就いた形跡はなく、部屋は荒らされていましたが、金子《きんす》はそのまま残っていました。ただひとつ無くなっていたのが――」

刀掛けに置いてあった刀だった。数日前に客から預かったはずの刀が、座敷から消えていたのである。

「見出しの〈妖しい刀〉ってのが、消えた刀のことなのかな」

「それ以上のことは書いてありませんよ。また続きが出るでしょう」

　助手は読み終わった読売を男に返した。


「おーい、昨日の続きを買ってきたぞー」

　読売を手にした男が診療所の戸を開けた。心配性の親方から、うつされても困るからもう一日だけ休んでくれと言われたらしい。

「仕方ないですねぇ」

　助手は差し出された読売を、昨日よりすんなりと受け取った。続きが気になることもあるだろうが、自分の仕事に余裕ができたことが一番の理由だった。あとひとり風邪で臥《ふ》せっていた年長の助手が、元気になって諒白を助ける仕事に戻ったのだ。

「見出しは〈妖しい刀・其の二〉。今回は殺しが行われた当日のことについて書かれていますね。おやおや、亡くなった善二郎さんだけでなく、女房のお露さんの足取りや、その日に善二郎さんを訪ねた人の名前まで書いてありますよ」

　床を拭き清めているおけいも、読売の話に耳を澄ませた。

「年若いお露さんは芝居が好きで、たびたび一人で芝居見物に通っていたそうです。事件のあった日も、午後から堺町の小屋に出向いたとあります」

おけいは当日のことを思い起こした。たしか、お露は昼過ぎに診療所を訪れ、善二郎の薬を頼んでいった。診療所に来るにしては洒落《しやれ》た格好だと思ったが、その足で芝居見物へ出かけるための装いだったのだ。

「舞台がはねたのが七つ（午後四時ごろ）です。それから見世物小屋をのぞいたり、屋台で飯を食ったりして堺町をぶらつき、家に帰りつくころには五つ（午後八時ごろ）を過ぎていました。そのとき奥の座敷は真っ暗だったそうです」

喘息持ちの善二郎は、普段から急ぎの仕事がなければ早めに寝てしまう。お露は不審に思うことなく二階の寝間へ上がると、そのまま寝入ってしまった。善二郎とは夫婦になったときから別々に休んでいたらしい。

「たとえ疲れて眠っていたとしても、階下で人が殺されるほどの物音や、言い争う声がしたら自分はきっと目が覚める。でも、あの晩は大きな音も声も聞こえなかったと、お露さんがお役人に話したそうです」

「女中の婆《ばあ》さんも気がつかなかったのかな」

読売を持ち込んだ男のつぶやきに、別の患者が横から答えた。

「あの婆さんは通いだ。おかみさんの代わりに三度の飯をこしらえて、用がすんだら近くの長屋へ帰るのさ」

小娘のころから肥後屋の下働きとして掃除洗濯に明け暮れていたお露は、飯を作るのが下手《へた》だった。そこで善二郎が通いの台所女中を雇ったのだ。

「台所女中の弁によると、あの日は暮れ六つに診療所へ走り、お露さんが昼間に頼んでおいた丸薬をもらって、善二郎さんに渡してから長屋に帰った。ただ、診療所の連中がもたもたするので薬を受け取るのが遅くなった、と書いてありますね……」

「そりゃ本当のことかい」

助手は渋い顔でうなずいた。十二日は診察がずれ込んで、薬の処方も遅れたらしい。

一方、台所女中が引き上げたあとの善二郎宅に、一人だけ来訪者があったこともわかっていた。定町廻り同心の依田丑之助である。

「依田さまは午前中に柄の巻き直しを頼んでいたそうです。そのとき善二郎さんに、いま自分のところで珍しい刀を預かっているから、仕事帰りにゆっくり見に来ないかと誘われ、再び訪ねたと書いてあります」

ところが丑之助が再訪したとき、善二郎は見るからに具合が悪かった。さっき薬を飲んだから大丈夫と言われたものの、声がかすれて苦しそうな息づかいだったので、日を改めることにしたのだという。

その話ならおけいも知っていた。善二郎の家から戻る途中、丑之助は別宅の外にいたおけいと立ち話をして帰ったからだ。

(つまり、生きている善二郎さんを最後に見たのは、依田さまということだ)

まさかと思うが、このまま下手人が見つからなければ丑之助に疑いの目が向けられるのではないかと、おけいは少し心配になった。

「――で、見出しの〈妖しい刀〉はどうなった？」

「残念ながら、今回の読売はここまでです」

助手はたたんだ紙を男に返した。

「ちっ。瓦版屋のやつ、ねたを小出しにして儲《もう》けやがる」

ぶつくさ言って男が引き上げると、急に待合処が静かになった。座敷で順番を待つ患者の数は変わらないが、土間の腰掛けまで使う者はいない。おけいが手伝いにきた当初のような混乱は、徐々になくなりつつあるのだった。

「諒白先生がお呼びですよ」

「わたしを、ですか？」

その日の夕刻となり、裏庭で乾いた洗濯ものを取り入れていたおけいは、足取りを弾ませて診察処へ向かった。

同じ屋敷の中にいても、多忙な諒白と話す機会はあまりない。風邪で休んでいた助手たちが復帰してからは、待合処を手伝うことも減ったのでなおさらである。

「先生、よろしいでしょうか」

「お入りなさい」

手早く蝶々髷《ちょうちょうまげ》と着衣の乱れを直してからふすまを開ける。

待合処に患者の姿はなく、諒白が薬簞笥の前で薬を調合しているところだった。その傍《かたわ》らでは最年長の助手が、薬研《やげん》を使って薬種《やくしゅ》を砕いている。今日は久しぶりで日没前に診察が終わりそうだと、新米の助手が教えてくれたのは本当だったようだ。

「そこに座ってください、おけいさん」

さっきまで診察用の布団が敷かれていた床におけいが座り、諒白も丸薬を練る手を止めて居住まいを正した。

「この七日間というもの、本当によくやってくださいました。誰もが流行り風邪を恐れて診療所で働くことを尻込《しりご》みするなか、わざわざ茂兵衛さんの家に泊まり込んでまで助けてくださったあなたに、私は心から敬意を払いたいと思います」

「いいえ、そんな――」

諒白に頭を下げられ、おけいは恐縮しながらもその真意を正しく読み取った。

「では、下働きの人が戻ってこられるのですね」

諒白がうなずいた。ようやく家族が元気になったので、また明日から働かせてもらいたいと、本人から申し出があったという。

「承知いたしました。わたしは今日でお暇を頂戴いたします」

三つ指をつくおけいに、諒白が重ねて礼を言った。

「本当にありがとう。この先、もし身体の不調を感じたときは、ここに私がいることを思い出してください」

あなたはとびきり元気な人なので、その機会はないかもしれませんが、と、諒白が優しい微笑みを言葉に添えた。この顔が間近で見られなくなるのは寂しいが、もとから働いていた人々が戻ってくるのは喜ばしいことだ。

おけいがもう一度お辞儀をして退出しかけたところへ、隣の部屋とのあいだを仕切っているふすまが開いた。

「先生、またあの娘です」

受付処にいた中堅の助手が、困惑した顔をのぞかせている。

「あの娘とは、おみつさんですか」

「今日の診察は終わったと言っても、診てもらうまで帰らないと駄々をこねて……」

ふと、諒白の顔に、有るか無きかの陰りがさしたようにおけいは思った。

「わかりました。ここへお通ししてください」

諒白は隅に寄せてあった箱から投薬袋をひとつ選《え》り出すと、薬種をごりごりすりつぶしている助手に言った。

「今すぐこの薬を、患者さんの家まで届けてもらえますか」

「承知いたしました」

患者の住まいと名前が書かれた投薬袋を手に、助手は急いで出かけていった。

続いて退出したおけいは、待合処から歩いてくるおみつと廊下ですれ違った。ふだんはのっぺりとして表情が読みにくいおみつの顔に、隠しきれない喜色が浮かんでいる。

「厄介な娘ですよ。病気でもない者が診察を受けるなんてもってのほかなのに、近ごろ先生が甘い顔をするものだから図に乗って」

待合処にいた新米の助手が、おけいに愚痴をこぼした。

「でも、先生に病気を治してもらいたいと、前におっしゃっていたようですけど――」

「病気だなんて、とんでもない！」

助手が語気を強めた。

おみつが治してもらいたがっているのは自分の悪癖《あくへき》だった。嘘をつく癖を治してくれと、診療所に押しかけては諒白にせがんでいるのだという。

「いかな名医でも虚言《きよげん》の癖まで治せませんよ。あの娘は厚かましく先生にのぼせ上がっていますから、駄目だと追い返してもしつこく会いたがるのです。先生はお旗本で、しかもお母上が多紀《たき》家のご親族だというのに」

多紀家とは、平安時代の医師・丹波康頼《たんばやすより》を祖とする医家の名門である。

江戸幕府直轄の医学校である〈医学館〉も、もとをただせば奥医師だった多紀《たき》元孝《もとたか》が私財で興した躋寿館《せいじゅかん》を、火災による焼失後に官費を投じて復興させたものであり、今も多紀家がその宰領《さいりょう》を一任されている。

そんな名門の流れを汲む諒白先生に言い寄るなど、身のほどを知らない厚かましい娘だと、自身も武家の端くれである助手は憤慨しているのだ。

おけいは自分のことを揶揄《やゆ》された気がして、ちくりと胸が痛んだ。

（身のほど知らずと言われても、人を慕う気持ちは止めようがない。おみつさんとて本気で高望みをしているわけではないだろうに……）

診察処は静かだった。おみつの甲高《かんだか》い声も外へもれ聞こえてはこない。

おけいは助手たちに挨拶をすませ、諒白の診療所をあとにしたのだった。

「いや、本当によく頑張ってくれた。この大変なときにご苦労だったたね」

日没過ぎて別宅に戻ってきた茂兵衛は、おけいが無事つとめを終えたことに言葉を尽くしてねぎらってくれた。

「ひと仕事終わったばかりでこんなことを言うのは心苦しいが、ほかに急ぎの用がないのなら、あとひとつ頼まれてくれないか」

「はい、なんでしょう」

小首をかしげるおけいに、茂兵衛は実家の墓所がある小石川への使いを頼んだ。

「このところ大事な寄合いが続いただろう。さすがに疲れが溜《た》まったようで、一昨日あたりから腰がだるくて仕方がないのだよ。諒白先生に処方していただいた薬湯を飲んでみたが、どうも私には効きが今ひとつなのでね」

そこで、前に揉《も》み療治《りょうじ》をしてもらった老人を思い出したのだという。

「狂骨《きょうこつ》先生ですか」

墓所で会った不思議な老人のことなら、おけいも覚えていた。

はじめは墓の供え物を盗もうとしている物乞いにしか見えなかった老人が、ふいに別宅を訪ねてきたかと思うと、しつこい肩こりに苦しんでいた茂兵衛に揉み療治をほどこし、たちまち楽にしてくれたのである。

「あの治療をまた受けてみたいのだが、狂骨先生がどちらにお住まいなのか、そもそも定まった住まいをお持ちなのかもわからない。すまないが、おけいさん。うちの墓所のあたりで探してみてはもらえないだろうか」

おけいとしては一日でも長くここにいられるのはありがたいことだった。表向きの用事はすんだものの、うしろ戸の婆に授けられた言葉の意味がまだわかっていないのだ。

『行って嘘の中のまことを見抜いておいで』

婆はさらりと言ってのけたが、別宅に舞い戻って七日が過ぎても、いったい何が嘘で何がまことなのか見当がつかない。

〈せんみつ〉とあだ名される千駄屋のおみつのことだろうか。それとも柄巻師の善二郎が惨殺された一件にかかわることだとすれば、かなり重いお役目になりそうだ。

「どうだね、行ってくれるかい」

「お引き受けいたします」

おけいの仕事はまだこれからだった。

◎

九月十六日の朝、神田川を北へ渡ろうとしていたおけいは、前からきた白装束《しょうぞく》の山伏《やまぶし》たちと昌平橋の上ですれ違った。

〽ざーんげ、ざんげ、ろっこーんしょうじょう

声を合わせて独特な節を唱えながら通り過ぎてゆく男たちの中に、おけいはつい見知った顔を探してしまう。

（あれから泰山坊さんはどうしたかしら……）

山伏の泰山坊を騙《かた》っていた男は、茂兵衛の別宅で何度も心づけをせしめた挙句《あげく》、定町廻り同心の丑之助に捕らえられた。

『いいか、またつまらない悪さをしたら、今度こそ牢《ろう》屋敷に放り込んでやるからな』

丑之助と茂兵衛の温情で罪に問われなかったのは幸いだった。人を騙《だま》して稼ごうとしたのはよくないが、妙に愛嬌《あいきょう》があるというか、泰山坊は憎めない男である。どこかで真面目に働いていることを祈りつつ、おけいは小石川を目指した。

季節の移ろいは早いもので、八月に茂兵衛のお供をしたときには、道の端を紅蓮《ぐれん》の火が走るかのごとく咲きそろっていた彼岸花《ひがんばな》が、今はもう一輪も残っていない。

寂しげな赤トンボに誘われて墓所の入口をくぐると、真っ先に茂兵衛の家族が眠っている墓を参った。伯父・宗助の墓には、まだ以前と同じ丸石がのっているだけだったが、すでに石屋へ注文が出されており、年内には立派な墓石が建つという。

お参りをすませたおけいは、改めて広い墓所の中を見渡した。ほかにも墓参をする人の姿はちらほら見えるものの、肝心の狂骨老人はいないようだ。

どうしようかと思案しているところへ、ほうきと塵取《ちりと》りを持った男が通りかかった。前に老人を追いかけまわした寺男である。

「あの、すみません」

おけいは寺男を呼び止め、狂骨の居どころを聞いてみた。

「物乞いの爺《じい》さんに会いたいのか。物好きな巫女だな」

寺男は鼻で笑いながらも、墓所の奥にある竹藪《たけやぶ》の丘を示した。

「あの丘を越えた向こう側にも竹林が広がっていて、物乞いどもが勝手に小屋掛けをして住み着いている。爺さんもそこにいるだろうよ」

「どうもありがとうございます」

ていねいに一礼し、竹藪の丘に向かって歩きだす。

「気をつけろ。たちの悪い連中が石をガンガンぶつけてくるぞ」

うしろから忠告をくれる寺男にもう一度頭を下げると、あとは振り返ることなく目の前の藪に踏み込んでいった。


「ああ、なんてきれいなところかしら」

見渡すかぎり青竹が生い茂る林の中で、おけいは感嘆のため息をついた。

墓所の裏にあった竹藪は、折れた竹やら岩やらが足もとに転がる正真正銘の藪だったが、この竹林には手入れをする者がいるらしく、真っすぐ天に向かって伸びる青竹が、きちんと間隔を置いて生えていた。

さわさわ、さわさわ、風が吹くたび耳をくすぐる葉擦《はず》れの音と、清々《すがすが》しい土の香りに、おけいがうっとり目を閉じた、そこへ——。

「あ、痛ッ！」

肩に痛みを覚えると同時に、小石が足もとに転がった。しかも一度きりではない。寺男が言ったとおり次々と石が飛んでくる。

投げているのは物乞いらしき風体《ふうてい》の男たちだった。おけいは竹と竹のあいだをすばしこく逃げまわりながら、男たちに向かって呼びかけた。

「やめてください。わたしは人を探しにきただけです」

それでも投石はやまない。大きめの石が蝶々髷をかすめて飛んでゆく。

「どなたか狂骨先生をご存じありませんか。先生に会わせて――アッ」

横から飛んできた石が右頬に当たり、思わず頬を押さえて屈《かが》み込んだ。

「おいこら、何しにきやがった」

「ここは寺の地所だ。巫女なんぞに用はねぇぞ」

粗末な身なりに髭《ひげ》だらけの男たちが次から次へと現れ、自分たちの縄張りに踏み込んだ小娘をののしった。

「わ、わたしはただ、人を探して――」

「もしかして、ここに神社でも建てようってんじゃねぇだろうな」

「おれたちを追い出すつもりか！」

聞く耳をもたない男たちは、勝手な想像を膨《ふく》らませて息巻いている。この場を切り抜けるにはどうすればよいのか、おけいが考えあぐねているところへ、男たちを押し退《の》けるように一人の男の児が現れた。

「いけません。みなさん、下がってください」

十二歳ほどかと思われる子供だったが、それまで騒ぎ立てていた男たちが、なぜかいっせいに鎮まった。男の児は大人たちをさしおいて進み出ると、地面に屈んでいるおけいの前に膝《ひざ》をついて言った。

「大丈夫ですか。少し血が滲んでいるようですが」

おけいは手の甲で自分の頬を擦《こす》り、これしきはなんでもないと答えた。

「先ほど狂骨先生に会いたいとおっしゃっているのが聞こえました。あなたは先生のお知り合いですか」

男の児の落ち着いた口調に、おけいはようやく狂骨と知り合った経緯と、自分の目的をかいつまんで話すことができた。

「わかりました。そういう事情でしたら先生のところへお連れしましょう。――みなさん、よろしいですね」

男の児が手を引いておけいを立ち上がらせても、物乞いらしき男たちは反対しなかった。

「おい、どこのバカだよ、本気で娘っ子の顔に石なんか当てたのは」

「おれじゃねぇぞ。あれはおまえの投げた石だろう」

擦《なす》りつけ合いをはじめた男たちをその場に残し、男の児は竹林の奥へとおけいを連れて歩きだした。

しばらく行くと、あちこちに掘立て小屋が目につくようになった。かろうじて雨風がしのげる程度のものもあれば、何人かまとめて寝泊まりできそうな小屋もあり、さっきの物乞いたちが身を寄せ合って暮らしているものと思われる。

そのうち一軒の小屋の前で立ち止まった男の児が、入口に垂れる筵《むしろ》の奥へ呼びかけた。

「先生、お客さまがお見えです」

返事の代わりに筵を押し上げ、白鼠《しろねずみ》色の蓬髪《ほうはつ》が現れた。

狂骨はおけいへ視線を走らせると、男の児に向かって言った。

「さっきより熱が下がった。今のうちに湯冷ましを飲ませてやれ」

「はい、ありがとうございます」

そのまま小屋を離れる狂骨のあとを、おけいは黙ってついていった。

物乞いたちの住処《すみか》から少し離れたところに、古びた堂宇《どうう》らしき建屋が見えてきた。

「入れ。床を踏み抜くなよ」

先に建屋の階段を上がった狂骨が、うしろを振り返らずに言った。

冗談ではなく雨ざらしの簀子《すのこ》縁《えん》には踏み抜かれた跡がいくつもある。出直し神社の社殿と似かよった雰囲気だが、こちらは朽ち果てる一歩手前といったところだろうか。

「失礼いたします」

建屋の中は雑然としていた。隅に寄せた布団のほか、竹を渡した物干しに何種類もの草や木の根が乾かしてあったり、薬研《やげん》や乳鉢《にゅうばち》が置かれていたりするさまは、物乞いのねぐらというより医師の診療所である。

適当に座れとうながされ、おけいは独特の芳香を放つ薬草に囲まれてかしこまった。

あらためて向き合っても不思議な老人だった。丈の短い筒袖《つつそで》から突き出た腕も、継ぎだらけの膝切りから伸びた足も、痩《や》せてはいるが弱々しい感じはしない。乱れた蓬髪の隙間からのぞく目などは、十七歳のおけいに負けないくらい生き生きとしている。

「用件はなんだ」

ぶっきらぼうな物言いを受け、おけいはここまで出向いてきたわけを簡潔に話した。

「ふん、あの死に損ないの男が、今度は腰が痛いとぬかすか」

死に損ないとは茂兵衛のことらしい。生まれつき身体の弱い茂兵衛が、本当なら子供のうちに死んでいるはずだったと看破《かんぱ》したのが狂骨なのである。

「このところ、お仕事が立て込んでおられたようです」

「過労は禁物と言うてやったのに、アホたれが」

アホたれとは聞きなれない言葉だが、たぶん馬鹿者と同じ意味だろう。

ともあれ狂骨は、すんなり『行く』と言ってくれそうもない。こんなこともあろうかと、おけいはとっておきの誘い文句を用意していた。

「先生がお見えになる前に、灘《なだ》の下《くだ》り酒《ざけ》を用意しておくと主人が申しておりました」

途端に狂骨の頬がゆるむ。

「ふふん。アホたれが気を利かせおる」

「では――」

身を乗りだしたおけいに、狂骨は薬研の横にあった刷り物をつかんで突き出した。

「灘の酒も結構だが、元岩井町で殺しがあったというのは本当か」

「はい。前にお越しいただいた町屋敷で起きた事件です」

答えつつ手を伸ばして受けとったのは、善二郎が殺された一件について書かれた読売だった。なぜ町の雑踏を離れた仙境とも思える竹林に読売があるのか……。

「娑婆《しゃば》で捨てられたものは、病人から紙屑《かみくず》まで、何でもここに吹き寄せられるのだ。どれ、殺しのあった町屋敷の見物に行ってやるとしよう」

身軽く立ち上がった狂骨が、裸足のまま竹林を歩きだす。

おけいは慌てて高歯《たかば》の下駄に足を入れ、そのあとを追いかけた。

「お出かけですか、先生」

「どうぞ早いお戻りを」

掘立て小屋から出てきた女の物乞いたちが話しかけてくる。みな狂骨を慕い、頼りにしているようだ。

「腹が減った。向こうへ着いたらまず飯を食わせろ」

つかみどころのない老人に急《せ》かされ、小石川をあとにした。

昌平橋まで戻ってきたおけいは、ふと橋の中ほどに立つ人影に目をとめた。

(あら、あれは……)

欄干《らんかん》に寄りかかっているのは千駄屋のおみつだった。いつものみすぼらしい碁盤格子を着て、髪のほつれを川風になぶらせながら、向こう岸の橋詰を見ている。

橋詰では、笠《かさ》をかぶった二人組の男が瓦版の束を抱え、今しも口上を述べようとしているところだった。

「さてお待ちかね、世にも恐ろしい首斬り事件の続きでございます。あわれ元岩井町の町屋敷で命を絶たれた柄巻師、その首を刎ねた〈妖しい刀〉の正体が明らかに——」

そんな口上が風に乗って聞こえてくる。

読売を求めて走りだす人々を見て、おけいの前をゆく狂骨が振り返った。

「続きが出たようだ。買ってこい」

「はいっ」

おけいは下駄を鳴らして橋詰へ走った。すでに瓦版屋のまわりは押し合いへし合いとなっていたが、こんなときこそ小さな身体が役に立つ。人々の足の隙間をすり抜け、首尾よく新しい読売を手に入れることができた。

あとでゆっくり読むという狂骨に読売を渡して振り返ると、もうおみつの姿は橋の上から消えていた。

元岩井町の別宅では、茂兵衛が大喜びで狂骨を迎え入れた。

「これは先生、遠いところをありがとう存じます」

「挨拶などいらん。まずは療治だ」

泥だらけの足をすすいだ狂骨は、先に飯を食わせろと言ったことを忘れたかのように、奥の座敷で揉み療治をはじめた。

そのあいだにおけいは昼餉《ひるげ》の支度をした。すでに仕出し屋の料理が届いており、灘の酒が入った五合《ごごう》徳利《どっくり》も置いてある。

やがて療治が終わり、すっかり血色のよくなった茂兵衛が、狂骨を上座にすえた。

「時分どきですので、お昼をお召し上がりください。お酒も届いておりますが、うっかりちろりの用意を忘れてしまいまして……」

「燗《かん》などいらん」

煎茶《せんちゃ》の入った茶碗を空けて、狂骨は徳利の酒を手酌でなみなみ注《つ》ぎいれた。よほどいける口なのか、有名な仕出し屋から取り寄せられた膳の料理をつまんでは一杯、また一杯と、うまそうに盃《はい》を重ねてゆく。

「おけいさんも、そこに座って食べなさい。諒白先生のところで頑張ってくれたのだから、遠慮することはないのだよ」

茂兵衛の心づかいで、おけいも昼の宴に加わることになった。ウナギを巻いた卵焼きに、エビのすり身の団子、アワビの焼き物など、贅沢《ぜいたく》な料理をありがたく相伴《しょうばん》する。

膳があらかた空になったころ、三杯目の茶碗酒を飲み干した狂骨が、ふいに懐《ふところ》から紙を取り出して読みはじめた。さっき昌平橋で手に入れた読売である。

「善二郎さんの一件の続きですね。なんと書いてあるのですか」

興味を示す茂兵衛へ、自分で読めと言わんばかりに読売が渡される。

「ほう、これは――」

茂兵衛は文面を目で追いながら、おけいにも内容を話してくれた。

〈妖しい刀・其の三〉に書かれていたのは、善二郎の首を斬った刀にまつわる話だった。下手人が持ち去ったと思われる刀が、〈村正〉だったというのだ。

「むらまさ?」

おけいは首をひねった。刀にも名前がついているのだろうか。

「じつは私もよく知らないのだよ。そのような銘の刀があって、おそれ多くも公方《くぼう》さまのお家に祟《たた》ると聞いたことはあるのだが……」

「村正とは、足利《あしかが》将軍家が天下を治めていた時代の刀鍛冶《かたなかじ》の名だ」

四杯目の酒を注ぎながら狂骨が補ったが、おけいには足利将軍家がいつ天下を治めていたのかもわからない。

そんなおけいと茂兵衛に、物乞いの老人が詳しく教えてくれた。

今を去ることおよそ三百年。伊勢国《いせのくに》の桑名《くわな》から村正という優れた刀工が出て、切れ味の鋭い刀を残した。初代を含め、七十年ほどのあいだに〈村正〉を名乗った者が三人いたと言われているが、確かなことはわかっていない。

「単に切れ味のよい刀を打ったというだけなら、今のように村正の名が人の口に上ることはなかったかもしれない。その名が世に知られたのは、徳川将軍家にまつわる妖しい言い伝えがあったからだ」

因縁《いんねん》のはじまりは、神君家康公の祖父にあたる松平清康《まつだいらきよやす》公を殺害した刀が村正銘だったことだ。続いて父・広忠《ひろただ》公の命を奪った刀も村正の手になるものだった。その後、嫡子《ちゃくし》である信康《のぶやす》公が切腹した際の介錯《かいしゃく》に使われたのが村正で、家康公自身も少年のころに村正の短刀で怪我《けが》をしたとされている。

これらの凶事が重なったことから、村正は徳川家に禍《わざわい》をもたらすと噂が広まり、ご公儀にはばかりのある刀となってしまったのである。

「人の噂というのは馬鹿にならんぞ」

馬鹿にならないと言いながら、狂骨は片頬に薄ら笑いを浮かべていた。

「徳川譜代《ふだい》の大名や直参《じきさん》どもが、主家に障《さわ》りのある刀を所有しては聞こえが悪い。外様《とざま》とて同じこと。

村正の刀を秘蔵していることが世間に知れれば、ご公儀に対する謀反（むほん）の疑いありなどと、お家取り潰《つぶ》しの口実を与えてしまうことになりかねないからな」

もし父祖の代から受け継ぐ村正の刀があったとしても、おいそれと他言することはできない。天袋《てんぶくろ》の奥に仕舞い込むか、いっそ出どころを伏せて手放したほうが後々の面倒にならずにすむというものだ。

「手放す者があるかと思えば、市井《しせい》に流れた刀をわざわざ買い求める者もある。いわくつきの刀というのは、趣味人のあいだで人気があるものだ」

そういえば、善二郎が殺された当日の宵も、珍しい刀を見せてもらうために立ち寄ったと依田丑之助が言っていた。あれは村正のことだったのだろうか。

「そもそも善二郎さんに村正を預けたのは、どこのお武家さまだったのでしょうね」

「さあ、まだそこまではわかっていないと読売に書いてある」

肥後屋を退いたあとも、善二郎は無理のない程度に柄巻師として仕事を続けていた。もとのお店を介した依頼がほとんどだが、ときには客が直《じか》に訪ねてくることもあり、話題になっている村正も、肥後屋を通さず持ち込まれたものらしい。

「これまで刀を預かった客の名前や居どころは、すべて柄巻師の帳面に控えてあった。ところが村正を置いていったと思われる客に関してだけ、『九月八日、妖しき刀一振り』としか書かれてなかったそうだ」

女房のお露も、通いの台所女中も、それらしき客を見ていない。今も役人たちが調べているというが、名前も人相もわからないとあっては雲をつかむような話だった。

読売の話に区切りがつくと、早くも五合入りの徳利を空にした狂骨が腰を上げた。

「いい具合に腹がくちい。わしは帰る」

「まだよろしいではございませんか。ごゆっくりなさってください」

引きとめても土間へ歩いてゆこうとする老人に、せめて履物《はきもの》を用意するまで待ってくれと茂兵衛が追いすがった。

「なに、履物となな？」

「今はよい時候ですが、来月には初霜《はつしも》がおります。すぐそこに下駄屋がございますので、お好みの履物をご用意いたしましょう」

狂骨は己《おのれ》の素足を見下ろしていたが、そのうち考え直して座敷に戻った。

「ならば雪駄《せった》がよい」

「承知いたしました。――頼めるかい、おけいさん」

すでに立ち上がっていたおけいが表戸を出たところへ、狂骨の声がかかる。

「十文半《ともんはん》（約二十五センチ）だぞ」

わかりましたと答えて走りだす。町屋敷の角を曲がった三軒目に善二郎の隠居家があり、その二軒先が下駄を商う〈千駄屋〉だった。

「いらっしゃいまし。おや、茜屋さんのお使いですか」

愛想よく迎えたのは、善二郎の通夜で顔を合わせた店主である。おけいは店先に並べてある下駄を見まわしながら、欲しいのは雪駄である旨を伝えた。

「雪駄も置いてございますよ。はいはい、十文半でございますね」

店主が店の奥に声をかけ、しばらく世間話などしているところへ、雪駄を手にした若い男が現れた。こちらも通夜の席で見かけた跡取り息子である。

「お待たせいたしました。十文半ならこちらでよろしいかと」

おけいは息子の手から雪駄を受け取った。竹皮草履《ぞうり》の裏に革をはりつけた雪駄は、湿り気を通しにくい丈夫な履物である。

「これをいただいて帰ります。お代はのちほど」

「お急ぎにならなくて大丈夫ですよ。茜屋さんには三人のお嬢さまがたの下駄をお買い求めいただいたばかりですから、晦日《みそか》にまとめて頂戴にあがります」

そう言って大福帳に筆を走らせる店主の傍らを、奥から出てきた二人の女がすり抜けた。おかみと下の娘らしい。

「お寿美《すみ》の稽古《けいこ》かい」

「お師匠さまに特別のお稽古をつけていただくのですよ。あら、いらっしゃいまし」

会釈をして出かけていくおかみは、小づくりで整った顔立ちをしていた。三味線《しゃみせん》を抱えた十二、三歳の娘も、母親に似てなかなかの美人である。

二人を見送ったあと、長女のおみつだけその場にいないことがおけいは気になった。家の中にいるのか、それともまだ神田川の風に吹かれているのか。

「お父つぁん。あれは――」

「うん、何ごとだろう」

父と息子の忍び声に振り返ると、通りの向こうからやって来る定町廻り同心の姿が目に入った。横幅のある依田丑之助ではない。引き締まった長身に、頬の肉をそぎ落としたかのような面長の男だ。

「馬の旦那が来るとは珍しい……」

店主のつぶやきに、おけいは以前どこかで聞いた話を思い出した。〈牛の旦那〉とあだ名のある丑之助には、見た目も気性も正反対の〈馬の旦那〉と呼ばれる朋輩《ほうばい》がいることを。

（たしか、佐々木駿馬さまとおっしゃったかしら）

足早に歩く駿馬は、岡っ引きらしき男たちを引き連れていた。

このまま千駄屋まで来るかと思いきや、ものものしい一行は手前の善二郎宅で足を止め、駿馬の指示を受けた男が表戸を引き開けた。

「おいこらぁ！」

吠《ほ》えるような大声だった。

「出てこい、お露。中にいるのはわかってるんだ！」

あわを食って飛び出てきた若い寡婦《かふ》に、駿馬の低く冷たい声がかかる。

「善二郎殺しについて聞きたいことがある。このまま番屋まできてもらおう」

お露に否《いや》も応もなかった。駿馬の言葉が終わらないうちに、まわりを岡っ引きに囲まれてしまったからだ。

（まさか、そんなことが……）

近隣の人々が見ている目の前を、真っ青な顔のお露が引っ立てられていった。


「旦那さま、大変です！」

おけいは両手に片方ずつ雪駄を握って別宅に駆け戻った。

「今そこの――」

こちらを向いた茂兵衛が、人差し指を口の前に立てた。見れば座敷の床に長々と、徳利を抱いた狂骨が横たわっている。

慌てて口をつぐむと、おけいはその足で二階の布団を運び出し、気持ちよさげにいびきをかいている老人の身体に掛けてやった。

「急に酔いがまわったのか、コトンと眠ってしまわれたよ。で、何があったのかね」

「はい、それが」

今しがた善二郎の女房のお露が番屋へ連れて行かれた様子を詳しく話す。

黙って耳を傾けていた茂兵衛は、お露を引っ張った役人が佐々木駿馬だったと聞いて、眉間に皺をよせた。

「佐々木さまの受け持ちは内神田の西側だが、ここまで出張《でば》ってきたのか」

茂兵衛が見たところ、佐々木駿馬には人より先んじて動こうとする向きがある。昨年の秋に親の跡目を継いでからちょうど一年ということで、そろそろ大きな手柄が欲しいのかもしれないが、本来なら内神田の東寄りは依田丑之助の受け持ちなのだ。

「諸先輩がたの縄張りで勝手な真似《まね》はできなくても、同い歳の依田さまなら大ごとにならないと思われたかな」

確かに丑之助の仕事ぶりは大らかだが、朋輩に手柄を横取りされても心穏やかでいられるとは……。いや、違う。自分が心配しているのは、誰が手柄をとるかではなく、引っ立てられたお露のことだ。

「もしや佐々木さまは、お露さんがご亭主の善二郎さんを殺《あや》めたと考えておられるのではないでしょうか」

嫌な予感がすると言うおけいを、腕組みをした茂兵衛がなだめた。

「大丈夫だ。仮にそう思っていたとしても、お露さんが無実ならすぐ解き放たれる」

派手な捕り物を好む佐々木駿馬だが、罪のない者を下手人に仕立て上げる非道な真似はしない。もし間違ってそんな次第になったとしても、そのときこそ丑之助が黙っていないという。

「依田さまはのんびりしてらっしゃるが、その分しっかりと証拠を集めて、本当のところを明らかになさるお方だからね。あいにく依田さまをお助けする岡っ引きの手が足りなくて、遅れをとっていなさるようだが」

丑之助には〈飴屋《あめや》の権造《ごんぞう》〉という親分がついている。

権造親分のもとにも以前はよく働く下っ引きがいたのだが、みな大きな商家の婿養子《むこようし》としてもらわれていった。めでたい話ではあったが、その後これといった子分が見つからず、親分は難儀しているらしい。

「さて、私はもう店に帰って、明日からの段取りを組まなくては」

茂兵衛が軽くなった腰を上げた。これまでに何度も得意先の意向を聞いては工夫を重ねてきた巾着が、ようやく本格的な縫製に取りかかると決まったのだ。

新しい巾着は正月用の品として、師走の事始めに合わせて売り出されることになっている。事始めは十二月八日。すでに三か月を切っているため、茜屋お抱えのお針子《はりこ》だけでなく、外の職人たちにも見本を渡して、縫い方の細かいところを伝授しなくてはならない。その見本を縫うのは茂兵衛の仕事だった。

「こちらに戻るのは明日になると思う。おけいさん、悪いがもうひと晩泊まってもらえないだろうか。狂骨先生がお目覚めになったとき誰もいないのは具合が悪い。いや、本音を言えば、一日でも長く先生を引きとめてもらいたいのだよ」

新作の意匠が認められて喜んだのも束《つか》の間《ま》、あまり無理のきかない身体に鞭《むち》打って働く茂兵衛としては、狂骨の揉み療治を頼みにしたいのだろう。

「承知いたしました。では、あと少しだけ――」

ご厄介になりますと答えたおけいにも、うしろ戸の婆から言いつかった大事な役目が残されているのだった。

◉

翌朝、座敷で眠っているはずの老人が消えていた。

考えてみれば昨日の昼過ぎから寝ていたのだから、夜半に起き出したとしても不思議ではない。茂兵衛のためにも頑張って引きとめようと考えていたおけいは、頼まれ甲斐のない自分にがっかりした。

ところが、朝の四つ（午前十時ごろ）を過ぎたころ、ひょっこり狂骨がもどってきた。

「先生。いったいどちらへ――」

「神田川の堤を歩いてきただけだ。わしの飯はあるのだろうな」

もちろん狂骨の分も朝餉《あさげ》が届けられている。おけいは冷めた味噌汁を温め、干物も軽く炙《あぶ》りなおして供した。

「ふん、石鰈《いしがれい》か」

箸《はし》の先で干物を突つきながら狂骨がつぶやく。

「お口に合いませんか」

「笹鰈ほど旨《うま》くはないが、まあ、いいだろう」

おけいはササガレイというものを見たことがない。どんなカレイか訊《たず》ねると、思いがけずていねいな答えが返ってきた。

「名前のとおり笹の葉のような細身の鰈だ。身は薄くて淡泊だが干物にすると味わい深い。

――いや、鰈などより、おぬしにはこちらのほうが面白かろう」

そう言って懐から取り出したのは、〈妖しい刀・其の四〉の見出しがついた読売だった。散歩のついでに手に入れたという読売には、善二郎宅に押しかけた役人たちがお露を番屋へ連れて行ったことや、取り調べの様子がこと細かく書かれている。

（まるで、近くで見ていたかのようだわ）

おけいの考えていることがわかったのか、狂骨がフンと鼻を鳴らした。

「町奉行所の役人や岡っ引きたちのなかには、瓦版屋から銭をもらってお役目をもらす輩《やから》がいる。連中にとってはいい小遣い稼ぎだからな」

なるほど、わざわざ歩きまわって話のねたを集めるより、役人から聞き出すほうが早いということか。

その証拠に、読売には役人たちの見立てが書かれていた。お露に亭主殺しの疑いがかかっているというのである。これまで本人が話してきた事件当日の足取りに、嘘があることがばれたのだ。

惨劇のあった日、診療所で亭主の丸薬を頼んだお露は、その足で堺町の木村座へ出かけ、贔屓にしている毬之助の芝居を観たと言い続けていたのだが……。

「お露という女、いらぬことまでしゃべったな。人気役者の毬之助は、当日の朝から流行り風邪で寝込んでいた。舞台は代役の独楽之丞《こまのじょう》がつとめたのさ」

「では、お露さんは――」

芝居小屋にも入らず、いったい何をしていたのか。

当人は口をつぐんでいるが、どうやらお露には、亭主に隠れて逢瀬《おうせ》を重ねる男がいたことが佐々木駿馬の調べでわかってきた。男の名は留吉。お露と同じ堺町の生まれで、子供のころから芝居小屋に出入りして半端仕事にありついている小者《こもの》である。

お露と留吉が示し合わせて亭主の善二郎を殺したと、駿馬などは考えているらしい。

「まだ情夫の留吉は捕まっていないが、早晩お縄になるだろうよ。佐々木とかいうやり手の同心が、留吉の逃げ込みそうなところに手下《てか》をまわしている」

読売には書いていない話まで、狂骨は聞き込んできたらしい。

（本当にお露さんが下手人として捕まってしまうなんて……）

不安げに揺れていた若い寡婦の瞳を、おけいは思い浮かべた。


夕方近くなって別宅に戻った茂兵衛は、まだ狂骨がいると知って喜んだ。

「さっそく仕出しを運ばせましょう。お好みの料理がございましたら何なりと——」

「馳走などいらん」

狂骨はうるさげに片手を払った。

「わしは炙った干物があればよい。ただし酒はケチるなよ。灘も悪くないが、伏見《ふしみ》のほうが好みだ」

うやうやしく承諾した茂兵衛が小僧を使いに走らせ、それから注文の品が届くまでのあいだに揉み療治が行われた。

「うーん、まさに妙方《みょうほう》。身体中のこりがほぐれるだけでなく、腹の底から活力が湧いてくる心持ちがいたします」

感に堪《た》えないといった茂兵衛の賛辞に、療治をほどこした狂骨がフンと鼻を鳴らした。

「お疲れさまでございました。先生、これをどうぞ！」

おけいが折敷《おしき》にのせて差し出す茶碗を受け取ると、狂骨は酒屋から届いたばかりの酒をなみなみと注いだ。肴《さかな》はイワシの丸干しだが、徳利を膝に抱えたまま頭からイワシに齧《かじ》りついて満足そうだ。

そうこうするうち暮れ六つが過ぎ、茜屋から届いた夕餉の膳も添えられた。

「お相伴をさせていただいてもよろしいでしょうか」

「ぬしの家だ。好きにせい」

愛想のかけらもない狂骨が、徳利をつかんだ手を茂兵衛のほうへ伸ばす。

「これは恐れ入ります。では一杯だけ……」

茂兵衛は本当に一杯だけで猪口《ちょこ》を伏せ、あとは狂骨をもてなすことに終始した。

おけいも下座で夕餉をとり、食後のおはぎまでいただいた。

このおはぎは茜屋の台所女中が得意としているもので、前にも茂兵衛が届けてくれたことがある。あのときは遊びにきていた平野屋の光太郎と友人の逸平にふるまって終わったのだが、後日それを知った茂兵衛が、次に台所女中が腕を振るったときは、おけいにも食べさせてやろうと約束していたのだ。

「どうだい、美味《おい》しいかね」

「はい、とても。おはぎに黄色いご飯が入っているのは珍しいですね」

茜屋のおはぎは、もち米に雑穀のアワをまぜて炊いたものを半殺しに搗《つ》いていた。嚙《か》むと口の中でアワがぷちぷちする食感がおもしろい。

「ふん、わしに食わせる菓子はないのだな」

酒を飲みながら横目に見ていた狂骨が、ひねくれた物言いをする。

「そんな、先生は左利きとばかり……」

「あるならさっさと出さんか。せちがらい連中だ」

重箱にひとつ残っていたおはぎを、痩せ老人はぺろりとたいらげた。酒ばかりでなく甘いものにも目がないようだ。

やがて夜が更け、またしても徳利を空にした狂骨が床に寝転んでいびきをかきはじめたころ、思わぬ客が別宅を訪れた。

「ごめんください。夜分に恐れ入ります」

「まあ、お師匠さま！」

表戸の外に立っていたのは、手習い師匠の淑江だった。

「よかった、おけいさん。まだこちらにいたのですね」

茜屋の別宅に寝泊まりしていると通夜の席で伝えてあったが、こんな遅い時刻に訪ねてくるとは何かあったのだろうか。

「上がっていただきなさい」

こちらを見ていた茂兵衛が、座敷から声をかけてくれた。

「茜屋さんのご店主ですね。お言葉に甘えてお邪魔いたします」

淑江は茂兵衛の前に進み出ると、先におけいとのかかわりについて話し、次いで自分の生家が元飯田町の拵屋《こしらえや》であることを告げた。

「では肥後屋さんの……」

一連の読売に目を通していた茂兵衛は、すぐに善二郎がらみの用向きできたことを察したようだ。

「善二郎の連れ合いのお露がお役人に連れて行かれたことは、すでにお聞き及びのことと存じます。亭主殺しの疑いをかけられていることも」

淑江は歯に衣《きぬ》を着せることなく話した。

「私どもは、お露がそのような大それた真似をしたとは考えておりませんが、それは今後の詮議《せんぎ》で明らかになること。本日お願いに上がりましたのは、善二郎のために借りていた家のことでございます」

善二郎が住んでいた隠居家は、昨日お露が番屋へ引っ立てられたあとは誰もいないはずだった。ところが昨夜遅く、奥の座敷に明かりが灯ったというのだ。

「気づいたのは裏長屋にお住まいのご浪人です。外の厠《かわや》に立たれた際、障子に映る人影をご覧になったらしくて……」

しっかり者の浪人は、翌朝一番に差配の伝次郎へそのことを伝え、伝次郎から家の借り主である肥後屋に知らせが行った。すぐに肥後屋の差し向けた使いが家の中をあらためたが、奥の座敷は善二郎が殺された夜から手つかずの、いわば荒れたままで、実際に人が上がり込んだかどうかの判断はつかなかったらしい。

「善二郎が亡くなった以上、いずれは引き払う家ですが、お露が留守をしているあいだは家財を守ってやらねばなりません。不審な者に入られては困ります」

そこで淑江の甥にあたる肥後屋の店主が、誰かを寝泊まりさせようと考えたが、奉公人たちはみな人が首を斬られた家で寝ることに尻込みした。最後に押しつけられそうになった小僧などはめそめそ泣きだす始末で、仕方なく差配の伝次郎に、しばらく留守宅の番を頼めないか持ちかけてみたという。

「それはまた、無理な相談をなさいましたね」

茂兵衛の言葉には苦笑がまじっていた。伝次郎は物の怪《もののけ》や幽霊の類が大の苦手で、かつて大黒さまのお化けが出ると噂されたこの家にも、差配でありながらなるべく足を運ばないようにしていたほどだ。

「おっしゃるとおりです」

可笑《おか》しそうに淑江が認めた。伝次郎は肥後屋の使いの前でわざとらしく咳き込み、『いかん、流行り風邪のぶり返しだ』などと言って寝床に逃げたらしい。

「そんな話を使いの者に聞いたものですから、つい出しゃばって私が引き受けると言ってしまいました。泊まるだけならこんなお婆さんでも間に合いますからね」

「ほう、肝が据わっていらっしゃる」

微笑する茂兵衛に、淑江が小さく首を横に振ってみせた。いざ夜になって善二郎宅に入った途端、胸が騒ぎ出したのだという。

「小心者とお笑いくださいさい。善二郎の幽霊なら会って話を聞いてやりたいところですが、よからぬ者が忍んできたときのことを考えて、心細くなってしまいました」

無理もないことだった。善二郎の首を斬った下手人はまだお露と決まったわけではない。ましてや昨夜も不審な者の出入りがあったかもしれないのだ。

「そこでおけいさんが同じ町屋敷にいることを思い出したのです。少しだけでも話し相手になっていただけたらありがたいのですが……」

もちろんおけいに異存があるはずもなく、茂兵衛もその場でうなずいてくれた。

「行って差し上げなさい。おけいさんは怖がりではないと前に言っていたし、いっそ向うで泊まってくるのはどうかね」

それは願ってもないことだった。淑江にはゆっくり聞いてみたいこともある。

おけいが二階から寝間着を取って下りると、さっきまで床でいびきをかいて寝ていた狂骨が、起き上がって伸びをしていた。

「わしも行く。殺しの現場というのを見てみたい」

どうやら狸寝入り《たぬきねい》りをしていたらしい。

「酒はそのままにしておけよ。あとでゆっくり飲みなおす」

今夜も狂骨が居残るつもりだと知り、茂兵衛は上機嫌でおけいたちを送り出した。


十七日の月が東の空に浮かんでいる。

先に立って町屋敷の角を曲がった淑江が、はたと足を止めてささやいた。

「誰かいるようです」

善二郎宅の前を背の高い人影が行ったり来たりしている。

また不審者が忍び込もうとしているのではないかと危ぶむおけいのうしろで、つまらなそうな老人の声がした。

「二本差しだ。たぶん定町廻りだろう」

こちらに気づいて軽い会釈を送ってくるのは、確かに同心の依田丑之助である。

「何かご用でしょうか、依田さま」

「淑江さんこそ、こんな時刻にどうなさいました」

しばらく善二郎宅に泊まって番をするつもりであることを淑江が話した。おけいはその付き添い。横で鼻をほじる狂骨については、茂兵衛の客人だと紹介される。

「じつは俺も昨夜の不審者が気になったのと、明日には座敷の畳を入れ替えて片づけると小耳にはさんだので、遅くなりついでに寄ってみました」

もう一度だけ現場を見たいという丑之助を、淑江が中に招き入れた。

通夜の晩には閉め切られていた座敷の中は、行灯《あんどん》と提灯《ちょうちん》の明かりがあってもなお薄暗く、丑之助が手早く裏庭に面した雨戸を引き開けた。

東向きの障子から差し込む月の光で、座敷の様子があらわになった。

善二郎が仕事場と寝間を兼ねていた六畳間は、事件当夜の惨状がそのままだと聞いていたが、おけいが考えていたほど凄惨《せいさん》な眺めではなかった。

とくに散らかった印象はない。布団は隅の枕屏風《まくらびょうぶ》の陰に畳まれたまま、仕事道具が入っているると思《おぼ》しき桐《きり》の木箱や小引き出しなどは床の間の横にまとめて置かれており、几帳面《きちょうめん》だった故人の気質を物語っている。

（でも、この臭《にお》い……）

部屋を満たす乾いた血の臭いに、おけいは鼻をしかめた。畳に広がる黒い染みは、血の流れた跡に違いない。

「昨日の夕方以降、ここの道具類を触った者はいませんでしたか」

提灯を片手に小引き出しと木箱の中を調べていた丑之助が、座敷の外に立っている淑江を振り返った。

「さあ、それは……」

肥後屋の使いが午前中に様子を見にきているが、座敷の雨戸を閉めただけで、道具類に触れるとは考えられないという。

「使いをしたのは先代の番頭です。本人に確かめたほうがよろしいでしょうか」

「念のためお願いします。昨日お露が引っ張られたあと、俺は木箱の中を片っ端から調べて、もとのとおりに収めておきました。なのに――」

柄木地を巻くときに使うエイの皮や正絹《しょうけん》の組紐《くみひも》、一朱金《しゅきん》の入った紙入れなどが、自分が収めたときと上下逆になっているらしい。

「では、昨夜の侵入者が」

「おそらく」

しかし金が盗まれていないとなれば、誰がどのような目的で道具類に触れたのだろう。善二郎を斬って妖しい刀を持ち去った者が、まだ何かを探しているのか……。

そのとき、座敷の中をうろうろしていた狂骨が、丑之助に向かって訊ねた。

「柄巻師の生首が転がっていたというのは本当か」

ぶしつけな物言いだったが、若い同心は気分を損ねることなく応じた。

「読売をご覧になったのですね。あれは大げさに書き立ててあるだけです」

とかく瓦版屋の読売というものは、町衆の食いつきをよくするためなら平気で長い尾ひれをつけ加える。善二郎の亡骸《なきがら》も、実際は首と胴体がくっついたままだったらしい。

「首を斬られたのは本当です。横首にかなり深い傷がありました」

「それにしては血が少ない」

短いつぶやきに、むう、と丑之助がうなった。

「横首を深く斬られたなら、もっと大量の血がしぶいてよいはずだ。だが、まわりの畳にも、障子にもそれらしい跡はない。――太刀筋《たちすじ》はどうだった？」

「…………」

立ち入ったことを訊ねる老人の蓬髪と粗末な身なりを、丑之助が無言で見下ろす。

狂骨が叱《しか》られるのではないかとおけいは冷や冷やしたが、しばしの沈黙のあと、いつもと変わらぬ穏やかな声が続いた。

「立ったまま斬られたのではなく、仰向けに倒れたところを踏み押さえられ、切っ先で抉《えぐ》るようにやられたものと見ています」

大柄で恰幅《かっぷく》のよい丑之助が、痩せ老人を探るような目で見つめる。

「あなたは何者ですか。さっきは茂兵衛さんのお客人とだけうかがいましたが」

「わしか？」

老人の顔に質《たち》のよくない笑みが浮かんだ。

「わしは狂骨。井戸の底からよみがえった妖怪さ」

からかうように答えると、笑いながら座敷を去っていった。また別宅に戻って飲みなおすのだろう。

「面白いご老人だ……」

　丑之助は詮索《せんさく》をやめ、自分の仕事を続けた。座敷の中をひととおり調べてしまうと、今度は台所へ移って棚の上に置かれた砂糖壺《つぼ》や醤油甕《しょうゆがめ》、茶筒《ちゃづつ》などの中身を念入りに見ていたが、そのうちあきらめたように帰っていった。

　いったい何を探していたのか、おけいにはわからずじまいだった。


　秋の夜がしんしんと更けていた。

　おけいは床の中で、ここ半月ばかりの暮らしを淑江に語った。むろん当たり障りのない話だけだが、隣の布団に横たわる淑江は、笑ったり感心したりしながらおけいの奮闘ぶりに耳を傾けた。

「相変わらずのご活躍だったのですね。流行り風邪で大変なときに、診療所のお手伝いをしていたとは頭が下がります」

　大してご活躍はしていない。称《たた》えられるべきは寝食も忘れて患者に尽くした諒白医師と助手たちで、自分はただの下働きだったことを言い添える。

「諒白先生のお人柄については、私もかねてから耳にしていました。筋目のよい旗本のお生まれだそうですが、驕《おご》ったところが微塵《みじん》もなく、貧しい者にも分け隔てなく接してくださると評判で、しかもあのご容姿ですからね。あなたのような娘さんたちから慕われるのも無理はありません」

　言い当てられたおけいは気恥ずかしかったが、諒白を慕うもう一人の娘について訊ねるにはよい機会だった。

「あの、お師匠さま。善二郎さんの通夜にきていた下駄屋の娘さんですけど……」

「おみつさんのことですか」

　やはり淑江はおみつを知っていた。誰かが口にするより先に名前を呼んでいたので、もしかしたらと思ったのだ。

　おけいは正直に、診療所で何度か顔を合わせて以来、おみつのことが気になっていると打ち明けた。うしろ戸の婆から言いつかった役目のことは話せないが、嘘の中のまことを見極めるためには、〈せんみつ〉と呼ばれる娘のことをもっと詳しく知りたい。

「おみつさんは、うちの筆子《ふでこ》だったことがあるのです。通ったのは半年ほどでしたが、いろいろな意味で忘れがたい子供さんでした」

　淑江が低い天井を見つめながら話しだした。

「うちにきたのが十歳のときで、それまでにも家から近い手習い処を転々としていたそうです。たしか、うちで五軒目だとお母さまが話していました」

「五軒目……」

　手習い先を替える子供は珍しくないが、十歳にして五軒はいささか多い。編入するたび束脩《そくしゅう》（入門の礼金）を払う親も大変だったろう。

長続きしない原因は、おみつの悪癖だった。言うことが嘘ばかりでは、ほかの筆子たちから相手にされない。どこへ行っても仲間外れとなり、それでは本人も面白くないので手習いから足が遠のいてしまう。朝に家を出て、夕方まで河原や寺の境内《けいだい》で過ごすようになると、もう次へ移るしかなかった。

「私が紺屋町の手習い処を開いたばかりのころです。筆子が少ないぶん目は行き届いていましたから、おみつさんに虚言が多いことはすぐ気がつきました。幾度となく言い聞かせたのですが、嘘をつく癖は簡単に治るものではないようです」

やはり筆子仲間に嫌われて、そのうち来なくなったという。

「また次の手習い処に移ったのですね」

「いいえ、うちが最後になったそうです」

淑江が天井を向いたまま、悲しそうに首を振った。もうこれ以上はおみつのために金をかけられないと、千駄屋の両親が音《ね》を上げてしまったのだ。

以来、おみつは手習い処に通うことも、娘らしい稽古事をはじめることも、家業を手伝うこともなかった。ふらふら町を歩きまわり、気が向いたら誰かれなしに嘘を話して聞かせる、そんな暮らしを七年近くも続けているらしい。

「どうして千駄屋さんはお店を手伝わせないのでしょう。おみつさんだって毎日外を歩きまわるより、よほど――」

それは無理だと、おけいは途中で気づいた。商いは信用が要《かなめ》である。千のうち三つしか本当のことを言わない娘に店番をさせるわけにはいかない。

それに、千駄屋の家族はおみつを持て余している。仲睦《なかむつ》まじい両親と、堅実そうな長男と、愛らしい末娘。その輪の中におみつが入る隙間は残されているのだろうか……。

「残念です。けっして頭は悪くない、きれいな字も書けるのに、なぜ本当のことを差し置いて嘘が口をついてしまうのか」

淑江の嘆きがせめてもの救いのように思われた。

◉

翌朝、慣れない布団で寝たのがいけなかったのか、淑江が喉を嗄《か》らしていた。おけいは起き抜けの足で紺屋町まで送りとどけ、すぐに温かくして休ませるよう女中のおよしに頼んだ。

「流行り風邪かもしれません。諒白先生に往診をお願いしましょう」

およしもそれがいいと言ったが、薬湯の備えがあるから大丈夫だと本人が断った。

「この時期に喉の調子が悪いのは毎年のこと、それより善二郎の家が気になります」

さすがに今夜の泊まり込みは無理かもしれないと言う淑江に代わって、おけいが留守宅の番を買って出ることにした。

「わたしは一人で平気です。しっかり戸締りをしますし、それに留守番がいると知ったら、怪しい人も来ないと思います」

一昨日の侵入者は、家人がいなくなるのを待っていたかのように忍び込んだ。きっと顔を見られる危険を冒したくないのだ。だとしたら、中に人がいるとわかるようにさえしておけば、夜中に踏み込まれる心配はないだろう。

おけいはさっそく元岩井町の別宅に戻り、お露が戻るまでのあいだ善二郎宅で寝泊まりすることを茂兵衛に告げた。

「わかった、おけいさんのやりたいようにするといい。でも、十二分に気をつけるのだよ。何かあったら裏庭を伝ってここへ逃げてきなさい」

そう言うと、茂兵衛は針箱の中から取り出した友禅《ゆうぜん》の巾着をおけいに手渡した。ずしりと重い巾着の中には、小粒銀が詰め込まれている。

「いけません。こんなものをいただくわけには――」

驚いて返そうとするおけいの手を、茂兵衛がやんわり押しとどめた。

「診療所での手伝いを頼んだときから、謝礼はうちで用立てるつもりだったのだよ。いや、謝礼などと言ってはいけないな。これは受け取ってしかるべき給金だ」

何と言われようとも、うしろ戸の婆に無断で金子を受け取ることはできない。いずれ日をあらため、出直し神社に寄進するということで納得してもらった。

「ところでおけいさん。狂骨先生を見なかったかね」

話が一段落したあと、茂兵衛が急に深刻そうな顔をした。朝起きてみると、夜中過ぎまで飲んでいたはずの狂骨が、空の徳利を残して消えていたという。

あと数回の揉み療治を受けるつもりでいた茂兵衛は、このまま帰ってこないのではないかと心配そうだ。

「心当たりを探してまいりましょうか」

たしか昨日の朝は、神田川堤を散歩したと言っていた。

「そうしてもらえるかい。もし先生の気が乗らないようなら、昼には伏見の上酒《じょうしゅ》が届くとお伝えしておくれ」

茂兵衛の声に送られて、おけいは外へ飛び出した。

狂骨を探して堤の上を歩いていると、折よく外神田の側から昌平橋を渡ってくる白鼠《しろねずみ》色の蓬髪を見つけることができた。

「先生。朝早くから、どこへお出かけだったのですか」

「なんじゃ、おぬしか……」

おそらく小石川の竹林に戻って病気の物乞いを診《み》ていたのだろうが、そろそろ瓦版屋が来る時刻だ、などと狂骨は話をそらした。

「ここにいると朝一番の読売にありつくことができるからな。ほれ、あすこにいる娘もわしのお仲間だ」

顎先《あごさき》で示す向かい側の欄干には、千駄屋のおみつが寄りかかっていた。狂骨が言うには、昨日の朝もここで瓦版屋を待っていたらしい。

その前の日にも、おけいは同じ場所でおみつを見かけている。あのときも読売を待っていたのだとしたら、よほど善二郎殺しの一件が気になっているに違いない。

やがて四つの鐘が鳴ろうかというころ、橋詰に笠をかぶった二人連れが現れた。

「さてみなさまお待ちかね、〈妖しい刀〉の続きでございます。柄巻師の首が飛んで早や六日、お縄になった女房は、知らぬ存ぜぬ一点張り、その女房に間男《まおとこ》あり、芝居小屋から飛び出したる、大根役者の馬の脚、一日千里《いちじつ》と逃げまわり、定町廻りをけむに巻く」

調子のよい口上につられて集まった人々が、われもわれもと手を伸ばして読売を買ってゆく。狂骨に顎をしゃくられたおけいも参戦し、皺くちゃで端の破れた一枚を、やっとの思いで手に入れた。

「先生、どうぞ」

「うむ」

その場で狂骨が読んでいるあいだに、人だかりを振り返っておみつを探す。どこへ行ったかと思えば、買ったばかりの読売に目を通しながら歩み去る行商人のあとを、少し離れてついてゆこうとしていた。

（顔見知りかしら。でも……）

首をかしげるおけいに、読売から目を上げた狂骨が教えてくれた。

「早々に読み終えそうな者についていって、道端に捨てたらこれ幸いと拾い、そうでなければ半値以下で買い取る。物乞いたちがよく使う手だ」

物乞いが拾ったり安く買ったりした読売は近隣の村で転売されるらしいが、おみつは自分が読みたくてやっているのだろう。きっと読売を買うだけの小遣い銭《せん》さえ持たされていないのだ。

行商人のあとについて橋の向こうへ消えて行くみすぼらしいうしろ姿を、おけいはやるせない気持ちで見送った。

「どうだ、おぬしも読むか」

「――読みます」

狂骨がよこした読売に、おけいもその場で目を通す。

〈妖しい刀・其の五〉と題された紙面には、親子ほども歳の離れた亭主に飽いたお露が、情夫の留吉を手引きしたことが書かれていた。留吉が床の間の〈村正〉を手に取り、揉み合ったすえ善二郎の首を刎《は》ねた瞬間の挿絵まで、まことしやかに刷り込まれている。

おけいの知るかぎり、元岩井町の番屋にとめ置かれているお露は、まだ亭主殺しを認めていないはずなのだが……。

読売の後半には、留吉についても書かれていた。子供のころから芝居小屋をはじめ、堺町のあちこちで半端仕事をしていた留吉は、今もまだ芝居町の界隈《かいわい》を逃げまわっている。定町廻りの佐々木駿馬が躍起《やっき》になって追ってはいるが、配下の岡っ引きたちを駆使しても、なかなか隠れ家を見つけ出せないでいるようだ。

「その佐々木駿馬とは、昨夜の図体《ずうたい》のでかい同心のことか」

「いいえ先生。善二郎さんの家でお会いしたのは、依田丑之助さまです」

おけいが〈牛と馬〉の違いについて説明するあいだに、読売を求めて集まっていた人々も、二人組の瓦版屋もいなくなっていた。

昌平橋の上ではいつものように、武家やら町人やら坊主やら、あらゆる生業《なりわい》の人々が忙しそうにすれ違っては、思い思いの方向へと消えてゆく。

気ぜわしい者ばかりではない。欄干の前には虚無僧《こむそう》がいて、さっきから尺八を吹いていた。ほかにも天秤《てんびん》を置いた棒手振り《ぼてふり》が足を休めていたり、ヒマそうな男たちが欄干にもたれて立ち話をしたりしている。

そんな橋の上を、内神田の側から歩いてくる一人の山伏があった。白い鈴懸衣《すずかけごろも》に兜巾《ときん》をかぶった山伏は、顔を深くうつむけ、足早に向こう岸へ渡ろうとしている。

（あの人……）

おけいは目をこらした。知っている男によく似ているのだ。

そのまま自分の前を通り過ぎようとした山伏を、左右の欄干に寄ってのんびりしていた男たちが、いっせいに動いて取り囲んだ。

「御用だ！」

「神妙にしやがれ！」

驚いている暇もない。いきなり四方から飛びかかられた山伏は、『あっ』と短い叫びを発しただけで、あえなく組み伏せられてしまった。

するとそこへ、さっきまで尺八を吹いていた虚無僧がやってきた。編み笠の下から現れた鋭い面差《おもざ》しは、なんと定町廻り同心の佐々木駿馬ではないか。

「おい、留吉。ずいぶんと手間をかけさせてくれたな。わかっているだろうが、番屋まできてもらうぞ」

駿馬が憎々しげに、帯のうしろに隠していた十手《じって》の先で男の顔を上げさせる。

（やっぱりそうだ！）

おけいには見覚えがあった。目の前で捕らえられた留吉こそ、前に茜屋の別宅で大黒《だいこく》さまを祓《はら》おうとした、ニセ山伏の泰山坊だった。

狂骨とおけいは元岩井町まで戻ってきた。

善二郎の家の前を通りかかると、ちょうど奥座敷で仕事を終えた畳職人が、荷車を引いて帰るところだった。

「すみませんね。旦那に手を貸してもらうなんて」

「かまわんよ。流行り風邪で人手が足りないのはどこも同じだ」

心安げに応じているのは依田丑之助だ。どうやら畳替えの仕事を手伝っていたらしく、荷車が去ったあとの路上で汗をぬぐいながら、こちらを見て笑いかけた。

「よう、昨夜はご苦労だったな」

「依田さまったら、畳を運んでいる場合じゃありません。たった今、佐々木さまが泰山坊の留吉さんを捕まえてしまいましたよ！」

つい苛立《いらだ》ちの声が出てしまった。元岩井町を含むこのあたりは、本来なら丑之助の持ち場なのだ。

ところが本人はどこ吹く風といった顔で、おけいたちを土間に招き入れた。

「とうとう捕まえたか。あきらめたふりをして、留吉が動くのを待つと聞いていたが」

堺町の隠れ家を出た留吉が、次は湯島横町にいる親戚を頼るとにらんだ駿馬は、昌平橋の見張りを手薄に見せかけて待ち伏せていたのだ。

そうやって同僚たちが派手な活躍をしているあいだ、丑之助だけがここで昨夜の続きの探しものをしていたというから、聞いているおけいも物悲しくなる。

「いったい、依田さまは何をお探しなのですか」

自分は今夜も善二郎宅に泊まるのだから、教えてもらえれば代わりに探すことができるかもしれない。

おけいの提案を受けて考えていた丑之助は、いったん表戸を閉め、さっきから興味深そうに耳を傾けている狂骨にも聞こえる声で言った。

「探しているのは薬だ。善二郎の手もとにあったはずの薬が見当たらない」

それから昼を過ぎるまで、おけいは善二郎宅を隅から隅まで調べた。二階の部屋はもちろん、すでに丑之助が探したと思われる台所で漬物樽《だる》の底まで手を入れてみたが、目当てのものは見つからなかった。

「ぬか床に薬を漬けるわけがなかろう、アホたれが」

真新しい畳に寝転がって見物していた狂骨が、呆《あき》れた顔で立ち上がった。

「考えてもみよ。死んだ柄巻師は重い喘息だった。いつ咳き込みが起きても大丈夫なように、薬はすぐ手の届くところに置いてあったはずだ」

そう言い捨てると、伏見の酒と茂兵衛が待つ別宅へ引き上げていった。

ご意見はもっともだとおけいも思う。女房のお露も、薬は善二郎が仕事用の小引き出しに入れて管理していたと、番屋で丑之助に話したらしい。

では、薬はどこへ行ってしまったのか。

(飲み切ってはいないはずだわ。だって、善二郎さんが殺される日の朝、お露さんが新しい薬を頼んだばかりだったもの)

あの日、おけいは諒白の診療所で、助手に代わって待合処を手伝っていた。そこへお露がやってきてこう言ったのだ。

『元岩井町の善二郎の家内ですけど、主人がお薬を切らしてしまって……』

『いつもの丸薬を五包お願いします。のちほど別の者がいただきにあがりますので』

つまり善二郎のもとにはもらったばかりの薬が五包あって、丑之助が訪ねる直前に一包飲んだとしても、まだ四包が残っているはずだ。

(でも、依田さまは消えた薬を見つけてどうなさるおつもりかしら)

そもそも善二郎の命を奪ったのは、〈村正〉と呼ばれる妖しい刀なのだ。いまだ見つかっていない刀の行方を探したほうがよさそうなものだが、丑之助が薬に気をとられる理由がわからない。そこへ――。

障子の向こうの裏庭から、こちらへ近づく人影があった。あれこれ頭の中で考えを巡らせていたおけいは、ぎょっとして跳び上がりそうになった。

「――おみつ、さん?」

「こんにちは、ようやく新しい着物を買ってもらったから見せにきたの」

着物が新調されたことはひと目でわかった。古ぼけた橙色《だいだい》の碁盤格子ではなく、白地に菊花と紅葉を散らした華やかな振袖で、おみつの顔には濃い化粧までほどこされている。

「似合うでしょう。このまま諒白先生にも見ていただこうかしら」

「ええと、その……」

おけいは心の底から返事に困った。

おきれいですと言ってやりたいのは山々だが、塗り重ねた白粉《おしろい》のせいで凹凸の少ない顔のどこに目鼻が隠れているのかよくわからず、玉虫色の紅をのせた唇だけぱくぱく動くのが、化け損ないの〈のっぺらぼう〉のようだ。しかも誰のお見立てなのか、色柄の鮮やかすぎる振袖は、気の毒なほどおみつに映っていなかった。

どう答えるべきか迷っているところへ、裏庭から千駄屋のおかみが駆けつけた。

「おみつ、あんた何をしているの。それはお寿美の晴着だよ！」

「あら、あたしが着てもいいじゃない。前から新しい着物が欲しいって、お父つぁんに頼んでいたのだし――」

「だめだめ、さっさと脱いでおくれ。そんな馬鹿みたいに白粉まで塗りたくって、三味線のお披露目会までに汚したらどうするつもりなの。さあ、早く！」

どうやら豪華な振袖は妹娘のために奮発したものらしく、おかみは姉娘の腕をつかむと、有無を言わさず二軒隣の裏口へと引っ張っていった。

あっけにとられて見送ったおけいは、おみつの襟元から小さなものが落ちるのを見たように思った。裏庭に下りて探してみると、やはり山茶花《さざんか》の木の根元に色の悪い干し柿みたいな小袋が転がっている。

(おみつさんに届けてあげないと。でも……)

今すぐ追いかけるのは気が引ける。そこで小半時ほど待って、落ち着いたころに千駄屋の店先へ行ってみることにした。

「ごめんください」

おけいが訪れたとき、店の中には誰もいなかった。下駄が並ぶ店台の横から奥の様子をうかがうと、まだ千駄屋の家族が揉めていた。

「何度言ったらわかるんだ。もう診療所へ行くのはよしなさい」

声を荒らげているのは千駄屋の店主で、そのあとに甲高いおみつの声が続く。

「だって、諒白先生が毎日きてもいいと言ってくれたもの」

「またそんな嘘を……。先生はお忙しい。おまえの相手をしている暇などないんだ」

背後でおかみと長男が店主に加勢しているようだが、はっきりとは聞こえない。

「とにかく恥さらしは終わりにしてくれ。おまえも知ってのとおり、年明けには長一郎《ちょういちろう》が嫁をもらう。これ以上の悪い噂が立ったら、せっかくの良縁が壊れてしまう」

どうやら千駄屋の長男に嫁取りの話があるらしい。

盗み聞きするつもりなどなかったおけいがそっと後ずさりをはじめると、鉄砲玉のようにおみつが奥から飛び出てきた。

「これ、待ちなさい！」

引きとめようとする店主の手を払いのけ、そのまま走り去ってしまう。

「ああ、もう手に負えん。いっそあんな娘はいないほうが……」

追うつもりのなさそうな店主は、不穏な言葉を残して奥へと引っ込んだ。


昌平橋の上には朝と変わりない人々の往来があった。欄干に背中をあずけて空を眺めるおみつを見つけると、おけいも横に並んで同じように空を仰いだ。

「今ね、諒白先生に会ってきたの」

ちらと隣に目を向けたおみつが、すぐ視線を空に戻して言った。

「新しい着物が欲しいなら買ってやるって言ってくれたけど、遠慮したわ」

「そうですか……」

おけいは諒白の診療所に立ち寄ってからここにきた。今日はまだおみつの顔を見ていないと、待合処の助手に聞いたばかりである。

相変わらずの嘘八百だったが、今は腹立ちより切なさを覚えた。

「そうだ、これが裏庭に落ちていました」

おけいが手のひらにのせて差し出す小袋を見て、おみつの顔色が変わった。

「あんた、中を見たの」

見ていない。小袋は隙間なく膨らんでおり、貝紅でも入っているのだろうと思ったが、勝手に開けたりはしていない。

「本当に？」

「本当に」

おみつの探るような小さな目を、左右に大きく離れたおけいの目が見つめ返す。

「――そう」

信じてくれたのか、おみつは小袋を受け取って再び欄干にもたれた。

橋のまわりでは、寒くなると渡ってくるミヤコドリが、早くも秋の空を飛び交っている。おけいが育った品川宿《しながわじゅく》でも、冬にはたくさんのミヤコドリが空を舞ったものだ。

懐かしく鳥の姿を追うおけいの耳に、早口のひそめ声が聞こえた。

「あたし、幸せだった。だからもういいの」

おみつらしくない口調に横を見ると、青ざめた頬がかすかに引きつっている。

いったい何がもういいというのか、訊ねようとしたその頭の上で、『あっぽぉー』と、間抜けな鳥の鳴き声が響き渡った。

（あっ――）

橋の上を飛びまわるミヤコドリの群の中に、一羽だけカラスに似た鳥がまじっていた。真っ黒な羽に、目の上だけが老人の眉のように白い。

「おみつさん、今からご一緒できませんか」

おけいは北東の空をさして言った。

「もし悩みごとがあるなら、わたしがお世話になっている出直し神社の婆さまに相談されてはいかがでしょう」

貧乏神の使いの閑古《かんこ》鳥《どり》は、先に下谷へ向かって飛び去ろうとしていた。

●

立派な寺院の大屋根が、もう目の前に見えていた。

おけいはここまでの道中で、自分が出直し神社で雇われるまでの遍歴と、ご祭神の貧乏神から〈たね銭《せん》〉を授かる作法などについて、ひととおりの話をした。

おみつは黙って聞いていた。たね銭に興味がないのか、あるいはほかに気になることがあるのか、自分からは何も訊ねようとしない。

やがて寺院の裏道を突き当たったところで、おけいが片側に茂る笹藪《ささやぶ》を示した。

「この中をくぐります。足もとに気をつけてくださいね」

笹藪の小道を抜けた先にある境内は、いつもと変わりなく閑散としていた。

さっき神田川の空を飛び去った閑古鳥が、枯れ木を組み合わせただけの粗末な鳥居の上で羽を休め、『遅い』と言わんばかりにおけいたちを見下ろしている。

「婆さま、わたしです。お客さまをお連れしました」

悩みを聞いて差し上げてくださいと、古びた社殿に向かって呼びかける。

「おはいり、よくきたね」

かすかな軋《きし》みをたてて開いた妻戸《つまど》の中では、白い帷子《かたびら》を着たうしろ戸の婆が、祭壇を背にして二人を迎えた。

戸口に立っているおみつを婆と向かい合わせに座らせ、おけいは斜向《はすむ》かいに控える。参拝客から話を聞くときの、これが正式な座り方だ。

「まず、あんたの名前と歳を教えておくれ。どこの娘さんかも」

さっそくはじまった婆の言問《こと》いに、おみつが頭のてっぺんから声を発した。

「名前はおみつ。歳は十七。伊勢町の廻船問屋、長崎屋の娘よ」

おけいは目を剝《む》いた。名前と歳は合っているが、あとはデタラメである。

「あ、あの、おみつさん……」

神さまの前では本当のことを話してくださいと、あれほど言っておいたのに忘れてしまったのか、それとも馬の耳に念仏だったのか——。

だが叱られたのは、うっかり口を挟んだおけいのほうだった。

「お客さまの邪魔をしてはいけない。悪かったね、おみつさん。続けておくれ」

おみつが嬉しそうに、玉虫色の紅が残る唇をぺろりと舌で湿らせた。

「うちは元禄《げんろく》のころから続く老舗《しにせ》で、江戸店のほかにも、長崎の本店と、京、大坂にも出店があるの。奉公人は船の水手《かこ》も含めたら五百人になるかしら。江戸店だけでも二百人は働いていて、儲けたお金を内緒でお大名に貸しているのよ」

「ほう、えらく景気のよいお店じゃないか」

大がかりな法螺話《ほらばなし》に負けないくらい、婆が大げさに感心してみせた。

「あんたは大店のお嬢さんというわけだ。ついでに家族のことも聞かせておくれ」

「うちにはお父つぁんとおっ母《か》さん、兄さんとあたしと妹の五人がいるわ」

おけいは少しほっとした。両親が十組に、兄と妹が百人ずついるとか言い出すのではないかと思ったのだが、安心したのも束の間、ここからがおみつの本領だった。

「兄さんの長一郎はどうしようもない道楽者で、ろくに店の商いも覚えようとしないの。そのくせ遊びだけは早くから覚えて、近ごろでは吉原《よしわら》遊郭に入り浸っているものだから、もう勘当するしかないってお父つぁんは嘆いているわ」

いや違う。おけいの知る限り、千駄屋の跡取りは堅実そうな若者で、年明けには嫁取りを控えているはずだ。

「妹のお寿美はね、気だては悪くないのだけど、哀れなくらい不細工なの。おっ母さんが行く末を心配して音曲《おんぎょく》を習わせているのだけど、何をやってもからっ下手《ぺた》。とくに三味線なんか聞けたものじゃなくて、一節弾いたら天井からネズミが落っこちたわ」

これはまた手厳しい。おみつの妹は母親似の美人で、しかも師匠から特別の稽古をつけてもらえるくらい三味線の筋はいいのだ。

「兄と妹がそんなでしょう。だからお父つぁんもおっ母さんも、あたしばかり可愛《かわい》がるの。おまえは器量よしだから飾り甲斐《がい》があるって、毎年のように新品の着物をあつらえてくれてね、こないだも三井越後屋で菊と紅葉の振袖を作ってもらったばかりよ。けど妹がうらやましがるので譲ってやったわ」

息もくれずにしゃべりたてるおみつの顔には、さっきの白粉がまだらに残っていた。髷《まげ》はだらしなく片側にくずれ、色褪《いろあ》せた碁盤格子の着物には繕《つくろ》いの跡が目立っている。どれほど豪奢《ごうしゃ》な作り話を聞かせたところで信じる者はいないだろう。

「気楽な身分だとお思いでしょうけど、困ることだってあるのよ」

まだ作り話は続いていた。相手が信じようと信じまいと、おみつにとってはどうでもいいことなのかもしれない。

「うちのお父つぁんは、あたしに婿養子をもらってお店を継がせようとしているのだけど、それだけは困るの。だって、あたしには心に決めた人が……」

「申し交わした相手がいるのだね」

得たりとばかり、おみつが誇らしげに胸を張る。

「松枝町の諒白先生よ。あたし、先生のお嫁さんになるの」

おけいは開いた口がふさがらなかった。

千里眼《せんりがん》の持ち主であるうしろ戸の婆にも、おみつの話が嘘であることくらいはじめからわかっているはずだが、途中でさえぎることなく耳を傾けている。

「諒白先生はとても立派なお医者さまなの。若くて、賢くて、下手な役者よりずっときれいなお顔立ちをしているのよ。それにとってても優しくて、あたしの病気のことを親身になって考えてくれたわ」

婆は病気のことにはふれようとせず、次の手順に移った。

「では、あんたの悩みとやらを聞かせてもらおう。五百人の奉公人を抱える廻船問屋を継ぐのが面倒なのか、男前の医者と手を切るのが嫌なのか、簡単には治りそうもない病気を抱えているのがつらいのか。ほかに何かあるのなら――」

おみつは、しばらく黙したままだった。婆の白く濁った右目と、黒々と澄みきった左目を見くらべているようだったが、そのうちしれっとした顔で言った。

「知らない。あたし、悩みなんてない」

驚いて口を出しそうになるおけいを、婆が片手を上げて制した。

「本当にそれでいいのか、よく考えてごらん」

「考えたって一緒よ。悩んでなんかいないもの」

それこそ嘘だとおけいは思った。おみつが昌平橋の上で見せた顔には、怯《おび》えに似た表情が浮かんでいた。でなければ、なぜここまでついてきたのか。

やきもきするおけいとは反対に、うしろ戸の婆はあっさり受け入れた。

「わかった。あんたがそう言うならかまわないが、せっかくだから神さまに〈たね銭〉のおねだりをしてみるのはどうかね。悩みはなくとも叶《かな》えたい願いはあるだろう」

「叶えたい、願い……」

考えるそぶりを見せたおみつが、意外なことを言った。

「あたしの口をふさぐことはできる？」

「さあて、できるかできないかは、これから神さまにお訊ねしてみよう」

そう言うと婆は立ち上がった。古色蒼然《こしよくそうぜん》としてネズミに齧《かじ》られた穴まである琵琶《びわ》を持ち出し、貧乏神の祭壇に置いて祝詞《のりと》を唱える。

うしろで手を合わせながら、おけいは落ち着かない気分だった。

神さまの前で嘘をとおした客は初めてだし、願かけの中身も奇妙である。ほかの誰かではなく、自分の口をふさいでくれとはどういうことだろう。もう嘘をつくのが嫌になったという意味だろうか。

やがて短い祝詞が終わり、再びおみつの前に座った婆が、琵琶をかかげて揺すった。

（さあ、神さまはたね銭を出してくださるのか）

息を殺して見守るおけいの前で、ころん、ころん、と、琵琶の穴の中から一文銭が続けて飛び出し、床の上に転がった。

「これであんたの願いは叶うだろう」

全部で五枚の一文銭を拾いあつめた婆は、懐紙《かいし》に包んでおみつの膝先に置いた。

「いいかね、このたね銭をお守りだと思って、かならず懐に忍ばせておくのだよ」


昌平橋の上には、すでに夕方の気配が漂っていた。飛びまわっていたミヤコドリの群も、ねぐらを探してどこかへいってしまったようだ。

おけいの前を歩いていたおみつが、橋の中ほどで立ち止まった。

「あたし、ここでお友だちを待つわ。あとでお茶屋にいく約束があるの」

また嘘をついた。おみつには待ち合わせる友だちなどいない。いつも一人ぼっちで町の雑踏や神田川の堤、寺社の敷地などをふらふら歩きまわっている。昼間だけでなく、日が暮れてからでも町をさまよう姿を何度か見かけた。今日のように家族と言い争ったあとでは、なおさら真っすぐ帰宅する気になれないのだろう。

おみつを残して帰ろうとしたおけいは、ふと思いついて引き返した。

「あの、よろしければこれを――」

差し出したのは、いつぞや茂兵衛に教えられて縫った守り袋だった。香《こう》の甘いかおりが染み込んだものを、匂い袋の代わりとして身につけていたのだ。

「さっきのたね銭を入れておくのに使ってください」

五枚の一文銭をお守りとして懐に忍ばせておくよう、うしろ戸の婆に言われていたが、お守りならそれらしい袋に入れたほうがいいに決まっている。

「いい匂い。あたしにくれるの」

「うまく縫えていませんけど」

たとえ不細工な仕上がりでも、茂兵衛にもらった緞子《どんす》生地だけは、朱色と黄色の糸が織り合わされて美しい。

おみつがたね銭を守り袋に入れ、懐に戻したのを見届けてその場を立ち去ろうとしたおけいを、今度はおみつが引きとめた。

「待って。代わりにこれを持っていって」

手の中に押し込まれたのは、さっき裏庭で拾った小袋だった。返したばかりのものをまた渡されるとはどういうことか、意味がわからず戸惑うおけいの顔を、おみつの小さな目がじっとのぞき込んだ。

「あたしの宝物よ。誰にも内緒で持っていてほしいの。でも、あたしがいいと言うまでは、絶対に中を見てはだめよ。わかった？」

いつにない真剣な面持ちに気圧《けお》され、おけいは思わずうなずいた。

橋のたもとまで歩いて振り返ると、欄干に寄りかかって川の流れを見下ろすおみつの横顔があった。

なにかを思いつめたその表情に、もう一度だけ引き返して話を聞いてみようか迷った。しかし、もう飽きるほど嘘話を聞かされていたおけいは、明日へ先延ばしをして善二郎宅へ戻ってしまった。


その夜、おみつは薬研堀《やげんぼり》で斬り殺された。

第三話

細工貧乏な小者へ——たね銭貸し銀一粒也

九月十九日の晩、ひっそりとおみつが葬られた。

夜遊びをして殺された娘の葬儀などしないと千駄屋の店主が決めたため、霧雨に濡《ぬ》れながら運ばれてゆく棺桶《かんおけ》を、おけいは路上で見送るしかなかった。

「気がすんだか」

「はい」

傘をさしかけてくれる丑之《うしの》助《すけ》にうながされ、茜屋の別宅へと向かう。

「すみません、遅くなりました」

別宅の板座敷で待っていた茂兵衛と狂骨《きょうこつ》が見守る前で、おけいは白衣の襟元から取り出したものを床に置いた。

「おみつのやつ、こんなものを託していたとは……」

丑之助がしみじみとして手にとったのは、手垢《てあか》まみれの色褪《いろあ》せた小袋だった。

「中身をあらためさせてもらうよ」

おけいは黙ってうなずいた。

昨日の夕方、おみつから小袋を預かった際には、自分がいいと言うまで絶対に開けてはいけないと約束させられた。しかし、その日のうちにおみつは斬られ、下手人《げしゅにん》の行方は知れていない。

よくよく考えた末、おけいは身近で信頼のおける茂兵衛にありのままを打ち明け、この場をもうけてもらったというわけだ。

「こいつは、貝紅だな」

小袋の中から出てきたのは、丸々としたハマグリの貝殻だった。

ハマグリの殻の内側に紅を塗りつけたものを貝紅という。この紅を少量の水でとき、指先や小筆などを使って唇を彩るのである。おけいのような雇い人はともかく、お店《たな》の娘が貝紅のひとつやふたつ持ち歩いたとしても不思議ではない。

ところが、ぴったり合わさったハマグリの口を開けた途端、丑之助の顔色が変わった。

「どうなさいました」

茂兵衛をはじめ手もとをのぞき込もうとする面々の前で、丑之助が貝の中から小さな紙包みをひとつつまみ出した。結び文《ぶみ》かと思ったがそうではない。その独特な紙の折り方は、おけいにも見覚えがあるものだった。諒白《りょうはく》の診療所で出している薬である。

(ということは、もしかして……?)

昨日から善二郎の薬を探していたおけいは、慎重に包みを開ける丑之助の指先を、息を詰めて見守った。

はたして白い薬包紙の中には、十粒ほどの丸薬《がんやく》が入っていた。

ただ、これが善二郎のものかどうかは定かでなかった。おみつが秘密めかして託したからには何か意味があると思いたいが、診療所で丸薬を処方されているのは善二郎だけではないのである。

「どれ、貸してみよ」

横で見ていた狂骨が、手を伸ばして薬包紙を受け取った。

丸薬に鼻を近づけて匂いを嗅いだのち、自分の舌にひと粒のせるのを見て、おけいは思わず腰を浮かせた。正体のわからない薬など口にして大丈夫だろうか。

「案ずるな。薬の味見には慣れておる」

小さな丸薬を舌の上で転がしながら狂骨が言う。

「おぬしらが真似《まね》をしてはいかんが、わしならひと粒くらい大事ない」

「――で、いかがでした?」

はやる丑之助の前で、老人が喉仏《のどぼとけ》を上下させて丸薬を飲み込んだ。

「死んだ柄巻師《つかまきし》の薬ではないな」

同心の顔に、あからさまな失望の色が浮かんだ。

「それは……間違いありませんか」

「黙れ、若造」

狂骨が不機嫌そうに声を尖《とが》らせた。

「重い喘息《ぜんそく》の咳《せ》き込みを鎮めるための薬であれば、少なくとも麻黄《まおう》と杏仁《あんにん》、厚朴《こうぼく》くらいは使うはずだ。だがこの丸薬にそれらしき生薬《しょうやく》は含まれていない。代わりに人参《にんじん》と白朮《びゃくじゅつ》が多く使われておる。早い話が、これは病後などに用いる滋養の薬だ」

ひと息にまくしたてたあと、座を蹴《け》って階段へと向かう。その痩《や》せた背中を慌てて丑之助が追いかけた。

「お気を悪くされたのなら謝ります。貴重なご意見をいただきながら失礼を申しました」

階段の途中で狂骨が足を止めた。

「ものごとを疑ってかかるのがおぬしの仕事。物乞いジジイの言うことなどあてにせず、薬を調合した医者に訊《たず》ねるがよい」

そのまま振り返りもせず、二階の座敷に上がっていった。

二十日の朝、昌平橋の橋詰にいつもの瓦版屋《かわらばん》が現れた。

「さて、お待ちかね、〈妖《あや》しい刀・其《そ》の七〉でございます。あな恐ろしや、柄巻師の首を刎《は》ねたる〈村正〉が、またぞろ人の血を吸った。草木も眠る丑三《うしみ》つ時《どき》、夜陰の鐘がひびく中、一人さまよう千駄屋おみつ。かの妖刀で袈裟懸《けさが》けに、バッサリ斬られて浮かぶ瀬も、なきは悲しき薬研堀《やげんぼり》。ザブンと落ちる水音に――」

口上が終わらないうちから、みな先を争うように読売《よみうり》を買ってゆく。瓦版屋が来るのを橋のたもとで待っていたおけいも、真っ先に手に入れてその場を離れた。

（やっぱり、長い尾ひれがついてくるものね）

歩きながら目を走らせる文面には、事実と異なる作り話がちりばめられていた。実際の状況を丑之助から聞いているおけいから見れば、いい加減なものだ。

おみつが十八日の夜に薬研堀で斬られたのは間違いない。だがそれは草木も眠る丑三つどき（午前二時ごろ）ではなく、まだ人通りの残る四つ（午後十時ごろ）前だった。

薬研堀あたりには、素性のよい茶屋が何軒も軒を連ねており、茶屋の客を目当てにした夜なき蕎麦《そば》も近くに屋台を出している。

女の悲鳴を聞いて一番にかけつけたのが、夜なき蕎麦の親父《おやじ》だったと書かれているのは本当のことだ。しかし、そこで親父が目にしたのは、堀端で血を流して倒れているおみつと、両国《りょうごく》方面へ走り去る男のうしろ姿だけだった。おみつを袈裟懸けにした刀が〈村正〉だったかどうかわかるはずもないのである。

だが、〈村正〉が使われたことにしておけば町衆は食いつく。

これまでの読売は、昨日の朝に売り出された〈妖しい刀・其の六〉を含め、善二郎殺しの下手人が、すでにお縄になっている女房のお露と情夫の留吉だと決めてかかっていた。それが今は、血塗られた妖刀を手にした下手人が別にいることを示唆して、新たな方向へ話を盛り上げようとしている。

（本当のことも、そうでないことも、みんな一緒くたにされてしまう。婆《ばば》さまが言ったのは、このことだったのかしら……）

つらつら考えながら茜屋の別宅に行ってみると、すでに茂兵衛は本宅へ出かけたあとで、狂骨と丑之助が階段の下で声をひそめて話をしていた。

「先生、買ってまいりました」

「うむ」

狂骨は読売を受け取り、そのまま二階へ上がっていった。あと何回か揉《も》み療治《りょうじ》を受けたいと懇願《こんがん》する茂兵衛に口説《くど》き落とされて、しばらく逗留《とうりゅう》することになったのだ。

「先生、あとはよろしくお願いします」

二階に向かって丑之助が声をかけたが、返事らしきものは聞こえなかった。

「俺は今から番屋へ行ってくる。おけいさんは先に戻っていてくれ」

「承知いたしました」

丑之助と別れたおけいは、自分の持ち場となっている善二郎宅へ戻った。掃除は朝のうちにすませてある。あとは裏庭で摘んだ小菊を床の間の枯れた花と活《い》け替えるだけだ。

「ごめん」

茶の支度まで整ったころ、鉄紺《てつこん》色の羽織を着た男が土間に立った。

「肥後屋の恒太夫《こうだゆう》だが、あんたはおけいさんだね。伯母《おば》から話は聞いている」

おけいが肥後屋の店主に会うのはこれが初めてだった。淑江はいつも『うちの甥《おい》っ子』などと愛《いと》おしげに呼んでいるが、本人は四十半ばの壮年だ。しかも拵屋《こしらえや》という仕事柄か、肩をそびやかした佇《たたず》まいが武家のようである。

肥後屋が座敷に落ち着いて間もなく、岡っ引きを従えた丑之助がやってきた。

「おお、依田《よだ》さま。このたびはお世話をおかけいたしまして」

「これも仕事だからな。――そら、肥後屋の旦那がきてくれたぜ」

丑之助のうしろからおずおずと姿を現したのは、善二郎の女房のお露だった。たった今、とめ置かれていた番屋から帰されたのだ。

「旦那さま。こんなことになって、なんとお詫《わ》びを申し上げてよいのやら……」

「泣かんでいい。とにかく番屋から出られてよかった」

くずおれるお露に、肥後屋が鷹揚《おうよう》な言葉をかけた。

亭主殺しのかどでお縄になったお露だったが、千駄屋のおみつまで殺されたことで、役人たちの見立てが変わった。むろんそれだけではない。お解き放ちになったのには、ほかにも理由があった。

「権造に感謝するんだな。おまえたちのために木更津《きさらづ》まで足を延ばしてくれたんだ」

はい、と、すっかり面《おも》やつれしたお露が、次の間に控える小柄でずんぐりとした身体《からだ》つきの男に向き直った。

「親分さん、ありがとうございました」

「なあに大したことじゃねえ。それに路銀《ろぎん》を出してくれたのは肥後屋さんだ」

照れたように手を振る男は、〈飴屋《あめや》の権造〉の通り名で知られる岡っ引きだ。

佐々木駿馬が何人もの岡っ引きや下っ引きをかり出して、派手に留吉を追っていたころ、権造だけは、殺しがあった日のお露と留吉の足取りを調べ続けていた。芝居を観《み》ていたことが嘘《うそ》だとばれてからも、お露が本当はどこにいたのか頑として口を割ろうとしないことが気になったからだ。

「俺はあの留吉って小者《こもの》を前から知っている。ゴロツキどもにそそのかされて、けちな悪さをすることはあっても、人を殺《あや》めるようなやつじゃねえ」

留吉の地元である堺町の周辺を聞き歩いた権造は、九月十二日の昼過ぎから夜にかけて、二人が小網町《こあみちょう》の小さな船宿で過ごしていたことをようやく突き止めた。

ところが間の悪いことに、肝心の船宿のおかみが流行《はや》り風邪《かぜ》を避け、翌十三日から木更津の娘の家へ船頭を連れて出かけていることがわかった。

「いつこっちに帰ってくるかわからない。それで依田さまに許しをもらって、木更津まで行かせてもらったんだ」

往復に丸二日を費やした甲斐《かい》あって、ようやく会えた船宿のおかみは、事件の当日に留吉とお露が自分の店にきていたと請け合ったばかりか、二人について知っていることを聞かせてくれた。


『あの日は留《とめ》さんが先にきて、それから八つをまわったころにお露さんがきました。ええ、よく覚えていますとも。前の晩に舟を貸したお客が網代杭《あじろぐい》にぶつけちまって、留さんがひと晩かけて修理をしてくれたのですから』

船宿といえば、男女の逢引《あいび》きの場として知られているが、おかみの店は釣り客のために舟を出す正真正銘の船宿だった。留吉の死んだ父親が釣り好きで、生前はおかみの店で舟を借りていたのである。

『留さんは気がいいというか、腰の軽い人でねぇ。今でもたまに顔を出しては、傷んだ舟の手直しをしたり、うちの船頭の代わりに舟を漕《こ》いでくれたりするんですよ』

おかみの連れ合いでもある船頭が、近ごろ歳《とし》のせいで仕事がおぼつかないことを心配した留吉が、ちょくちょく様子を見にきては、自分にできる用を片《かた》していくのだという。

『そんな留さんだから、一年ほど前にお露さんを連れてきたときは、やっといい人ができたんだって喜んだのだけど……』

お露が亭主持ちであることはすぐにわかった。月に一度の芝居見物にかこつけて密《ひそ》かに会っていることも知れたが、おかみは説教臭いことを言わなかった。

『だってね、本当に会って話をして帰るだけなんですよ。留さんはへんなところで真面目《まじめ》だから、お露さんが旦那に顔向けできなくなるような真似《まね》はしない、なんて格好つけちゃってるし、お露さんのほうも、旦那のために一品だけでも総菜の作り方を覚えたいからって、うちで料理の手伝いをしていたんですから』

おかみの船宿では座敷で飲み食いさせない代わり、前もって注文を受けた釣り客の弁当をこしらえていた。台所仕事が苦手なお露だが、年々持病が重くなる善二郎に手料理を食べさせたいと、おかみが作る卵焼きや五目豆の作り方を覚えようとしていたのだ。

『そんなわけですから、あの日、留さんは夜中過ぎまで船頭と一緒に杭の修理をしていましたし、お露さんは少なくとも六つ半ごろまでうちにいました』

お白州《しらす》で証言しろというなら、自分はいつでも乗り込んでゆく覚悟があると、きっぷのよいおかみは約束したという。

これで留吉の疑いは晴れた。お露の潔白はまだ決まったわけではなかったが、番屋にとめ置かれているあいだにおみつが殺されたことに鑑《かんが》みて、家に帰すべきとの判断が下されたのだった。


「やれやれ、親分さんのお話を聞いてすっきりした」

静かに耳を傾けていた肥後屋が、軽いため息をついてお露を見た。

「おまえが善二郎を手にかけていないことは信じていたが、留吉とかいう男との間柄は、正直なところ疑っていたのだよ」

「留吉さんと私は、堺町の同じ長屋で育った幼馴染《おさななじ》みです」

目の下に青黒い隈《くま》の浮いた顔で、お露が言った。

「どちらの親も芝居にかかわる仕事をしていたので、小さいころから仲良くしていました。でも、うちの親が借金を残したまま亡くなって、私が十五で肥後屋さんに年季奉公してからは、一度も会っていなかったのです」

肥後屋の勧めで善二郎の嫁となり、元岩井町の隠居家で暮らしはじめて一年経ったころ、気晴らしに出かけた堺町で、ばったり留吉と出会った。

留吉は芝居小屋の半端仕事をこなしながら、たまに名もない端役や馬の脚として舞台に立つこともある気楽な暮らしをしていた。数年ぶりに会ったお露に歳の離れた亭主がいると知ったときは少し寂しそうだったが、きれいな着物で芝居見物ができる身分になれたことを喜んでくれた。

「留吉さんは昔から気のいい人でした。誰からも好かれて、誰とでも仲良くなって。私には心を許して話せる相手がいなかったので、ついあの人の優しさに甘えて、月に一度だけ日を決めて会いに行くようになりました。でも、よりによって留吉さんと会った日に、あんな恐ろしいことが起こるなんて……」

善二郎が遺体となって見つかった朝、昨夜はどこへ出かけていたのか役人に問われ、つい人気役者の芝居を観ていたと嘘をついてしまった。芝居小屋に入らなかったことが露見しても、留吉との仲を疑われるのが怖くて本当のことが言えなかった。その結果、野放しとなった下手人に、おみつが斬られてしまった。

「私のせいです。私がもっと早く本当のことを話していれば……」

「気に病むな。おまえのせいじゃない」

後悔に泣くお露を、丑之助がなだめた。今からお露の身の振り方について話し合うことになっている。そのために多忙な肥後屋が自ら出張《でば》ってきているのだ。

「お露、よく聞きなさい。この家は善二郎の隠居家として借りたものだ。善二郎が亡くなった以上、ここは引き払うことになる。わかるね」

嚙《か》んで含めるような肥後屋の言葉に、お露が『はい』とうなずいた。

「善二郎が貯《た》めていた金子《きんす》の残りは私が預かっている。いずれ小商《こあきな》いでもはじめればいいが、当面は肥後屋に戻って働くのが無難ではないかと思うのだよ。どうだろうか」

肥後屋の申し出を聞いて、うしろに控えているおけいは安堵《あんど》した。

以前、お玉という極めつけの不器用な女に小商いをさせようとして、えらく難儀したことがある。あれほどの不器用者がざらにいるとは思わないが、商いをするには元手だけではどうにもならないことがあるのだ。

（とにかく、今は時期が悪い……）

憂《うれ》えるべきは世間の目だった。読売の〈妖しい刀〉が売れたせいで、江戸中にお露の名が知れ渡ってしまった。情夫をそそのかし、妖刀《ようとう》で亭主の首を斬らせた奸婦《かんぷ》だと世間が思い込んでいるあいだは、商いどころか、まともに外を歩くことすら難しいだろう。

自分の置かれた立場を重々承知しているお露は、肥後屋に向かって頭を下げた。

「旦那さまにお任せいたします」

「よし、決まった」

けっして悪いようにはしないと、肥後屋が請け合った。

「今月の家賃は先に払ってある。うちにきて働くのは来月からとして、それまで疲れを癒《いや》しておきなさい。こちらのおけいさんが月末まで泊まり込んでくださるそうだから、寂しくはなかろう。それと、通いの台所女中がいたと聞いているが、その女にも今月いっぱい働いてもらうといい。給金はこちらで用立てる」

いくつかの温情ある取り決めをして、肥後屋は帰っていった。

◘

堺町の目抜き通りは大勢の人で賑《にぎ》わっていた。大小の芝居小屋が道の両側に建ち並び、役者の名前を書いた招き看板や、名前入りの行灯《あんどん》、見どころの場面を描いたと思われる大絵などが軒の上に飾られている。

おけいは江戸に出てきたばかりの田舎者《いなかもの》のようにポカンと口を開けて、ひときわ立派な芝居小屋を見上げた。

（なんて賑々《にぎにぎ》しいのかしら……あっ、勘三郎《かんざぶろう》の看板だ。ここが中村座なのね）

優雅な芝居見物などしたことはなくても、江戸三座のひとつに数えられる中村座と、座元の勘三郎の名前くらいは知っている。

芝居町として知られるだけあって、堺町には有名な中村座のほかに、宮地芝居《みやち》と呼ばれる小芝居や、見世物の一座も集まっていた。テケテケテンテンと打ち鳴らされる櫓《やぐら》太鼓の軽やかな音を聞いていると、つられて手近な小屋に入ってしまいそうだ。

（だめだめ。今日は大事な用を頼まれてきているのだから）

おけいは気を引き締め、目印に教えられた薩摩《さつま》人形浄瑠璃《じょうるり》の角を曲がって目当ての小屋を見つけた。宮地芝居の中では人気があるという浜崎《はまさき》座である。

「あの、すみません」

「いらっしゃい。今からだったら平土間《ひらどま》で最後まで見られるよ。五十文でどうだい」

呼び込みの男が愛想よく手招きをした。

本格的な芝居見物は、朝早いうちに芝居茶屋へ入るところからはじまり、昼の休憩を挟んで夕方の七つ（午後四時ごろ）まで続く。近ごろは安い値段で一幕だけ観ることができると聞いたが、おけいは芝居を楽しみにきたわけではなかった。

「人を探しているんです。ここで留吉さんが働いていると聞いたのですが」

呼び込みがわずかに眉《まゆ》を曇らせた。

「留公《とめこう》ならもういないよ。座元が追い出しちまったからな」

小僧のときから浜崎座の半端仕事をもらっていた留吉だったが、たび重なる不祥事に、とうとう小屋への出入りを禁じられてしまったという。

「しょうがねぇよ、今回は殺しの下手人として引っ張られたんだから。ここもお役人たちに踏み込まれて大変だったし、放免になったからって元の鞘《さや》というわけにはいかねえ」

「そうですか……」

やはりお露の悪い予感が当たったようだ。

昨日、番屋から帰されたお露は、自分とかかわったことで人殺しの罪をきせられそうになった留吉を気づかい、夜が明けたらこっそり様子を見にいくと言っていた。ところが朝になってみると、ひどい頭痛で起き上がることすらひと苦労だった。

お露の代わりに堺町までやってきたおけいとしては、なんとしても留吉の近況をこの目で確かめたいところなのだ。

「留吉さんがどこへ行ったか、お心当たりはありませんか」

「心当たりと言われてもなぁ。元々あいつは町のあちこちで半端仕事をしていたから、今もどこかの店か屋台を手伝っているとは思うが……」

気長にそのあたりを聞きまわっていれば会えるという男に礼を言って、おけいはもとの目抜き通りに戻った。

道の両脇には芝居小屋だけでなく、芝居見物に訪れる客を当て込んだ店も多い。煙草屋《たばこ》に三味線屋《しゃみせん》、小間物屋《こまもの》、白粉屋《おしろい》、さまざまな店が商いをしているが、やはり道行く人々の目を引くのが食べ物の屋台だった。

（この酢飯の匂いは稲荷寿司屋《いなりずし》さんかしら。お団子屋さんの屋台も、焼き芋《いも》屋さんもあるわ。お隣の天ぷら屋さんも美味《おい》しそう）

昼餉《ひるげ》はすませてきたのに、屋台を流し見しながら歩くだけで口の中が唾《つば》でいっぱいになる。そのうち極めつけに旨《うま》そうな香りが、おけいの鼻孔をくすぐった。

（うわぁ、本日一番のいい匂い！）

香ばしい油と甘辛いタレの焦げる匂いに誘われて角を曲がると、そこにウナギのかば焼きを売る屋台があった。七輪《しちりん》の上でせっせとウナギの串を炙《あぶ》っている男の顔を見て、おけいは大声を上げてしまった。

「泰山坊さん！」

「えっ、あわわ……」

驚いた男が、危うくウナギの串を取り落としそうになった。

「あ、あんたは、そうだ、元岩井町の古い家にいた巫女《みこ》さんだな」

「はい。そのせつはありがたい真言《しんごん》を頂戴いたしました」

かつて山伏《やまぶし》の泰山坊を名乗り、ひとつ覚えの真言で心づけをせしめていた留吉は、とっさの嫌味に悪びれることなく人懐《ひとなつ》こい笑みで応えた。

「なあに、あれしきはお安いご用だ。それよりまたお化けが出たのかい」

悪びれるどころか、今からでも不動明王の真言を唱えに行ってやると言われ、おけいは慌ててお露に頼まれて会いにきたことを明かした。

留吉はさすがに神妙な顔で聞いていたが、手もとのこんがり焼けたウナギを皿に移すと、次の串を打ちながら訊ねた。

「お露ちゃんは、ひどく具合が悪いのか」

「お疲れが出たのだと思います。番屋ではずっと気を張り詰めていたでしょうから」

可哀《かわい》そうになぁ、と、留吉は大きなため息をついた。

「旦那が殺されたばかりだってのに、ひどい目にあったもんだ」

まさに泣き面《つら》に蜂《はち》とはこのことだろうと、おけいも思う。

昨夜、お露は床に入って眠りにつくまでのあいだ、善二郎の女房になった当時のことを、おけいに語ってくれた。

隠居する柄巻師との縁談を持ちかけられたとき、まだ二十歳だったお露にとって、親より歳上の善二郎は、気難しいおじいさんにしか見えなかったこと。それでも残り十五年の年季を帳消しにすると肥後屋に言われたときは、肩の上の荷物がどこかへ飛んでいった気がして嬉《うれ》しかったことなど。

『職人気質《かたぎ》で難しいところはありましたけど、私にとって善二郎さんは過ぎた人でした。料理が苦手と知って台所女中を雇ってくれましたし、月に一度くらいおめかしをして芝居でも観ておいでと言ってくれて……』

お露はとくに芝居好きというわけではなかったが、家で年寄りの顔を見ているだけではつまらないだろうからと、善二郎なりに気をつかったらしい。

『私が堺町の生まれだから、里帰りをさせているつもりだったのだと思います。親はいなくとも幼馴染みと楽しく過ごしてくればいいと思ったのでしょうけど、私が気安く話せるのは留吉さんくらいのもので……』

おけいの話に耳を傾けながらも、留吉はウナギを焼き続けていた。ときおりタレにくぐらせる手つきも堂に入ったもので、芝居小屋を追い出されてすぐ天職にめぐりあったのかと思っていると、ねじり鉢巻きの男が小走りにやってきた。

「すまなかったな、留さん。おかげでゆっくり飯が食えた」

「お安いご用だ。またいつでも声をかけてくれ」

どうやらウナギ屋が昼餉をとるあいだの留守番だったらしく、大通りを歩きだした留吉のあとを、おけいもついていくことにした。

しばらく行くと、別の芝居小屋の前にいた男が親しげに呼ばわった。

「よう、留。今朝はありがとよ」

「あれしきはお安いご用だ」

芝居の見せ場で使う張りぼての大鐘が壊れ、留吉が修理して急場をしのいだらしい。

またしばらく行くと、今度は屋台蕎麦の親父から声がかかった。

「おっ、留公。暇か?」

暇だらけだと答える留吉に、少しだけ店を頼めないかと親父が頼んだ。

「うちのかかあが今ごろになって、流行り風邪で寝込んじまったんだ」

「そいつは心配だな。早く帰って様子をみてやりな」

留吉は快く引き受けて屋台に立った。時刻は八つ前というところで、昼餉の客は一段落していたものの、小腹をすかせた男たちがひっきりなしにやってくる。

「かけ蕎麦ひとつくれ」

「はいよ」

あらかじめ茹《ゆ》でてあった蕎麦を湯にくぐらせ、ちゃちゃっと湯切りしてどんぶりに入れ、熱い出汁《だし》をはって客に出す。これも本職かと思うほど手際がよく、どの客も旨そうに蕎麦をすすって帰ってゆく。おけいも黙って見ているわけにはいかず、客が使ったどんぶりを洗うなどして手伝った。

おかみさんの具合がよくないのか、親父はなかなか戻ってこない。小半時も経《た》ったころ、また新しい客がやってきた。

「たぬき蕎麦を一杯たのみます」

聞き覚えのある声に、おけいは洗いかけのどんぶりを置いて立ち上がった。

「諒白先生！」

「これは驚いた。今度は蕎麦屋のお手伝いですか」

「はい。先生は往診ですね、毎日お疲れさまです」

足もとに薬籠《やくろう》を置いて座った諒白は、以前より頬《ほお》が瘦《こ》けたように見えた。流行り風邪が下火になりかけているとはいえ、診療所を訪れる患者が大幅に減ったわけではない。それでも診察の合間をみては、動けない患者の家々をまわっているのだ。

「流行り風邪だけが病気ではありません。放っておいては手遅れになってしまう病の人たちも大勢いますから」

午前の診療を終えてすぐ、八丁堀と霊岸島《れいがんじま》の重篤な患者を診《み》てきたという諒白に、留吉が手ずからどんぶりを渡した。

「ネギと揚げ玉、多めに入れておきやした」

「お心づかい痛み入ります」

諒白は嬉しそうに遅い昼餉を受け取ると、手早く食べ終えて立ち上がった。また診療所に戻って患者を診るのだろう。

「あれが噂《うわさ》の流行り医者か。ちくしょう、下手《へた》な役者よりいい男じゃねえか」

駕籠《かご》に乗らず、供も従えず、黒羽織をはためかせて歩み去るうしろ姿を、留吉が羨望《せんぼう》と尊敬の入りまじった顔で見送った。

「見た目だけじゃなく、先生はとても立派なかたですよ。お旗本の出だそうですけど少しも笠《かさ》にきたところがなくて、貧しい人にも分け隔てなく親切です」

おけいは自分の身内のような気分で自慢した。

「へえ、お旗本か。どうりで身仕舞《みじま》いに隙《すき》がないわけだ。けど袋に入れたままの脇差《わきざし》なんて、持ち歩いても邪魔なだけだろうに」

そこがお武家さまの格式というものなのだ、と、生意気を言おうとしたところへ、ようやく蕎麦屋の親父が帰ってきた。

「遅くなってすまなかったな。かかあのやつ、調子に乗って水菓子が食いたいなんて言いやがるから、梨《なし》をひとつ買ってきてやった」

「それだけ優しくしてもらったら、きっと明日には元気になるだろうよ」

礼を言う蕎麦屋に別れを告げ、五歩と進まないうちから、今度は前掛けをつけた小娘に呼び止められる。

「あの、昨日はありがとうございました。おかげでうちのお祖母《ばあ》ちゃん、すっかり元気になりました」

あれくらいはお安いご用だと答える留吉に、小娘は深くお辞儀をして走り去った。

転んで動けなくなっていた老婆を留吉が背負い、隣町の家まで送り届けたのだという。

(なんて気のいい人かしら。お露さんの言っていたとおりだわ)

善二郎殺しの下手人と目され、佐々木駿馬に追われながらも留吉がなかなか捕まらなかったのは、この気のいい若者に人殺しなどできるはずがないと信じる町の衆が、あちこちでかくまってくれたからだろう。

目抜き通りですれ違う人々と挨拶したり、軽口をたたいたりする留吉のうしろを歩きつつ、おけいは心の中で考えた。

すでにお露から頼まれた用は片づいている。これまでに見聞きした様子を、帰って伝えればいいだけだが、まだやるべきことが残っている気がしてならない。

考えているうちに、とうとう堺町の北はずれまできてしまった。

「じゃあな。お露ちゃんに達者でと伝えてくれ」

留吉が足を止めて言った。

「おれは大丈夫だ。もうお役人の手をわずらわせたりはしないと約束するし、こんな小者でも芝居町にいれば食っていけるから心配いらない」

もうお露に会わないつもりかと訊ねるおけいに、小者が肩をすくめてみせる。

「会わないほうがいいのさ。瓦版屋がおれたちのことをどんなふうに書きたてたか、あんたも知っているだろう。これ以上の悪評がたったらお露ちゃんが困る」

そう言って引き返そうとする留吉を、おけいは思い切って呼びとめた。

「待ってください。急ぎのお仕事がないのなら、わたしがお世話になっている下谷の神社まで一緒に行ってみませんか。神さまにお願いして、縁起のよい〈たね銭《せん》〉を授けていただきましょう」

おけいと連れだって大寺院の裏道まできた留吉が、申し訳なさそうに言った。

「それにしても、たね銭をくれる寺や神社が諸国にあるのは知っていたけど、出直し神社なんて聞いたことがなかったよ」

「本当に小さな神社ですから、ご存じないのは当然です」

寺の土壁と笹藪《ささやぶ》に囲われた隠れ里のような社《やしろ》は、地元の下谷に住んでいても知らない者のほうが多いのだ。

ご祭神の貧乏神や、うしろ戸《ど》の婆《ばば》と名乗る不思議な老婆について話しながら歩くうち、寺の築地塀《ついじべい》に突き当たって道が途切れる。その横にこんもりと茂る笹藪をくぐり抜けて、二人は出直し神社の境内《けいだい》にたどり着いた。

「へぇ、こぢんまりして気持ちのいい境内だな。枯れ木を組んだ鳥居なんて、洒落《しゃれ》てるじゃないか」

粗末な鳥居を褒《ほ》めてもらったのは初めてかもしれない。

嬉しくなったおけいは、胸を張って社殿《しゃでん》の階段に足をのせようとした。すると、妻戸《つまど》の内側から聞きなれた声が響いた。

「階段はおよし。踏み板が壊れているからね」

とっさに足を戻してよく見ると、五段あるうち三番目と四番目の板が割れている。

「昨日きた客が、踏み抜いて帰ったのだよ」

もとより長い歳月を経てくたびれた社殿である。とくに雨風にさらされた階段は、いつ誰に踏み抜かれても文句が言えない傷みようだった。

おけいは仕方なく、ぴょんと高欄《こうらん》に跳びついて簀子《すのこ》縁《えん》によじ登り、留吉も壊れた階段を横目に見ながらあとに続いた。

社殿の中では、いつもの白い帷子《かたびら》を着たうしろ戸の婆が二人を待っていた。

「よくきたね。お客人はそこにお座り」

祭壇を背にした婆と、少し硬い面持ちの留吉が向かい合って座る。おけいもその斜向《はすむ》かいに座りつつ、ほんの三日前に立ち会ったばかりの、たね銭の儀式を思い出した。

あのときは、いま留吉がいる場所に千駄屋のおみつが座っていた。縁起がよいとされるたね銭を手にしたその日のうちに、気の毒なおみつは……。

「手はじめに名前と歳、どこの生まれかを教えてもらおうかね」

いつもと変わらぬ婆の声が、おけいを今この時に引き戻した。今日は参拝客として留吉を連れてきたのだ。無事にたね銭が振り出されるまで見届けなくてはならない。

「ええと、名前は留吉。歳は二十三。日本橋の堺町で生まれました」

「では、留吉さん。あんたが過ごした二十三年の人生について聞かせておくれ」

婆からこんなふうに訊ねられることは、前もっておけいが伝えてある。

「話せと言うなら話すけど、人生なんて言えるほど立派なもんじゃねえよ」

留吉はいくぶん斜《しゃ》にかまえて話しだした。

「おれの親父は芝居小屋の半端仕事をしていた。おふくろが早く亡くなったもので、おれは親父のうしろにくっついて、芝居の裏方の仕事を見ながら育ったんだ」

芝居小屋の興行は役者だけで成り立つものではなく、裏方と呼ばれる人々が一座の下支えとして働いている。

ひと口に裏方と言っても、その仕事はさまざまである。芝居の筋を書く戯作者《げさくしゃ》、三味線や笛太鼓を鳴らす囃子方《はやしかた》、衣装方、床山《とこやま》、大道具方、小道具方などのほかに、外に立って客を呼び込む者や、平土間の客に弁当や団子を売り歩く者までいる。

「おれの親父は役者の弟子だったことがあって、裏方を手伝いながら、たまに端役をもらったりしていた。でも、おれが九つのときに死んじまって……」

両親を亡くした留吉は、一度は親類の家に引き取られたものの、堅苦しい暮らしに馴染めず堺町に舞い戻ってしまった。その後は父親が働いていた浜崎座だけでなく、ほかの芝居小屋や屋台店などの半端仕事をもらいながら生きてきたのである。

「住む家はあったのかい」

うしろ戸の婆に問われ、留吉はかぶりを振った。

「家なんてありゃしねぇ。あのころは芝居小屋の物置にもぐり込んで眠ったり、寒くなると親父の仕事仲間の家に泊めてもらったりして、なかでも一番よくしてくれたのが、お露ちゃんの親父さんだった」

大道具方にいたお露の父親も、女房に先立たれて娘と二人で暮らしていた。

「お露ちゃんはおとなしい子で、仲のいい友だちがおれしかいなかったものだから、親父さんは嫌な顔もせず何日でも泊めてくれた」

もちろん子供のころの話だと、留吉がつけ足した。色気づく歳になると同じ一座の小者たち数人で、裏長屋を借りて雑魚寝《ざこね》をしていたらしい。

「銭はないけど気楽な暮らしだったな。芝居町の路地裏で育って、まともなお店奉公《たなぼうこう》に出るやつなんて稀《まれ》なんだよ。大抵どこかの一座の末席に連なって、その日暮らしの半端仕事をすることになるんだ」

「いったい、あんたがどんな半端仕事をしてきたのか聞きたいね」

片っ端から挙げていったら日が暮れるかもしれないと言う留吉に、婆が白く濁った右目を細めてみせた。

「年寄りは暇なのだよ。ひと晩かかってもかまわないが、あんたはそれほど暇を持て余していないだろうから、主だった仕事をいくつか教えておくれ」

淡々と応じる婆に、留吉は次のようなことを話した。

小さいころは使い走りが主な仕事だった。近くの店屋や屋台で洗い物を手伝えば、残り飯を食わせてもらえたし、見よう見まねに団子のこね方や、蕎麦の打ち方、ウナギの焼き加減などを覚えると、それなりの手間賃をもらえるようにもなった。

「自慢じゃないが、おれはガキのころから覚えがよくて、目の前の仕事はすぐ真似できた。芝居小屋の大道具を作るのは得意だし、呼び込みもできる。台詞《せりふ》の覚えも早いから、端役が舞台に立てないときは代役も務めさせてもらったりもした」

何でも器用にこなし、しかも気のいい留吉を、町の大人たちは『留さん』とか『留公』とか呼んで重宝がった。

「おれには家族がいないから、親しく声をかけられて、頼りにしてもらえるのが嬉しかったんだ。働いたあとに感謝されたりすると、もっと嬉しかった」

しかし芝居町には素行のよくない若者もいて、そんな連中からも留吉にお呼びがかかるようになった。相手は札《ふだ》つきだと知ってはいても、子供のころに助けあった仲間の頼みは断れず、たびたび小さな悪だくみに加担した。

「町役の爺《じい》さんたちからは何度も叱《しか》られたけど、ただのおふざけのつもりでいたから懲《こ》りなかった。山伏に化けて真言を唱えるのも、さして悪いことじゃないと思ったし」

イワシの頭も信心だと口説かれ、『お安いご用』と引き受けた。ところが、素人《しろうと》の大護摩《おおごま》に多額の祈禱《きとう》代を払わされた人々が御上《おかみ》に訴え出たことから、主だった仲間は叩《たた》き刑に処せられたうえ人足寄せ場へ送られた。留吉だけはかろうじて丑之助に油を搾《しぼ》られただけで放免となったのだ。

「なるほど、あんたが器用なことはよくわかったが、せっかくの器用さを生かして、ひとつの仕事を極めようとは思わなかったのかね」

おけいも同じことを考えていた。それだけ器用なら大工だろうと料理人だろうと、どんな道を選んでも一流になれただろうし、今からだって遅くはないはずだ。

ただ当人は、困った顔を婆に向けた。

「おれは同じことの繰り返しってやつが苦手なんだ。簡単に覚えちまうのがいけないのか、ひととおりの仕事ができるようになると、また別のことがしたくなる。その日そのときで用を聞きまわっているのが性《しょう》に合っているんだよ」

町役人の長老は、そんな留吉を〈細工貧乏《さいくびんぼう》〉なやつと言ったらしい。

「まさにあんたは細工貧乏だ」

上下一本ずつしかない歯を見せて、うしろ戸の婆が面白そうに笑った。

「尻《しり》が据わらない性分なら仕方がないが、今までどおり暮らすにしても、何か試してみたいことはないのかい」

もし、やりたいことがあるのなら、神さまに縁起のよいたね銭をおねだりしてやろうという婆の前で、留吉はしばらく考えて言った。

「仕事とは別の話になるけど、ここんとこ世話になってばかりの依田さまに手柄を立ててもらいたいと思っている」

　意外な申し出に、『ほう』とうしろ戸の婆が身を乗りだした。

「いい人なんだ。牛の旦那なんてノロマのように呼ばれているけど、おれみたいな馬鹿に温情をかけてくれて、おれとお露ちゃんが善二郎さん殺しの下手人にされかかったときも、依田さまがいてくれたから助かった」

　丑之助が細心であることは、おけいもよく知っている。岡っ引きの権造を木更津まで出向かせたおかげで、お露と留吉がお解き放ちになったことも。

「まだ本当の下手人は見つかっていないんだろう。おれはともかく、お露ちゃんがいつまでも世間から疑いの目を向けられるのは可哀そうだしさ」

　一日も早く丑之助の手で下手人をあげてもらいたい。もし自分のような細工貧乏な小者にできることがあるのなら何でもする――。

　それを聞いて、うしろ戸の婆が立ち上がった。

「今のあんたの言葉を、そっくりそのまま神さまに伝えてやろう」

　神棚のうしろから古びた琵琶《びわ》を取り出すと、粗末な貧乏神のご神体に供える。

　短い祝詞《のりと》を読み上げる婆のうしろで、おけいもいつの間にか諳《そら》んじてしまった祝詞を唱えた。

（さあ、神さまはいくら授けてくださるかしら。一文か、二文か、それとも……）

留吉に向き直った婆が、穴の開いた琵琶を掲げて前後左右に揺り動かした。

コトン、と、小さな音をたてて床に転がったのは、指の先ほどの小粒銀《こつぶぎん》だった。


おけいは社殿の中で、うしろ戸の婆と向き合っていた。

たね銭の儀式のあとに二人だけで話をすることになったのだ。

トントン、カンカン、妻戸の外から板を打つ音が聞こえてくる。おけいと婆が話しているあいだに、留吉が階段の修理をすると申し出たのである。

『なんだ、材も道具もあるじゃないか。だったら修理はお安いご用だ』

祭壇の裏から婆が引っ張り出した板と道具箱を担《かつ》いで、留吉は外に出ていった。

「婆さま、申し訳ございません」

小気味よく響きだした槌《つち》の音にまぎれて、おけいは両手を床についた。

「大事なお役目を授かりながら、何もすることができませんでした」

詫びているのはおみつのことだ。たね銭を授かったその夜のうちに、おみつが何者かの手で斬られてしまったことが、悔やまれて仕方ないのだった。

「すべては神さまが定めたこと。それに、まだ終わったわけではないのだろう」

淡々として婆が言う。まるでこうなることがわかっていたかのように。

（そうだ、まだこの一件は終わってなどいない。妖刀で善二郎さんの首を斬り、おみつさんまで斬って捨てた下手人が捕まるまでは……）

さっきの留吉の言い草ではないが、かくなるうえは自分も協力を惜しまない。丑之助に下手人をあげてもらうために、できることがあれば何でもする。

床におでこが擦《こす》れるほど頭を下げ、心の中で誓うおけいに、うしろ戸の婆が別の話を持ち出した。

「おお、そうだ。一昨日のことだが、家族を引きつれて参拝にきた客があってね」

「ご家族を、ですか」

おけいが顔を上げた。一人でたね銭を授かりに来る客はあっても、家族連れは珍しい。

「前におまえが連れてきた、オデデコ芝居の女だよ」

「まあ、おゆうさんが！」

懐かしい名前に、おけいはその場で跳び上がった。

あれは梅雨《つゆ》のさなか、紺屋町の手習い処《どころ》で知り合ったオデデコ芝居の女を、出直し神社に誘ったことがあった。女は他人の手にゆだねてしまった我が子の望みを叶えてやりたいと願い、たね銭として銀五匁《もんめ》を授かったのだ。

「おゆうさんはお元気でしたか」

「息災だったよ。ご亭主も、二人の娘たちも元気でね。みんないい顔をしていた」

姉妹が仲良さげに笑っていたと聞いて、おけいは心の中が温かくなった。

婆が聞いた話によると、おゆうの一座は浅草で新しく舞台にかけた芝居が大当たりをとり、七月の盆過ぎから九月上旬まで、ほぼ休みなしで働いていたという。

「浄瑠璃の播州《ばんしゅう》皿屋敷をもとにした怪談芝居でね、盗み食いをして井戸に落とされた女の幽霊が、一枚、二枚、と恨めしげに煎餅《せんべい》を数える場面が人気だったらしい」

人が演じる幽霊と、オデデコ（木偶《でく》人形）の幽霊を巧みに使い分けていたというから、流行り風邪のさなかでも小屋が満員になるほど面白い芝居だったのだろう。

（よかった。お初《はつ》さんも子供らしく笑うことができるようになって……）

内輪の話にきりがつくころ、外でトンカン鳴っていた音もやんだ。

「さあ、もうお行き。おまえの出番はこれからだよ」

今度こそ嘘の中のまことをしっかり見極めておいで、と、背中を押されて外へ出る。

新しい踏み板につけ替えられたばかりの階段を下り、おけいは留吉と一緒に出直し神社をあとにしたのだった。

◉

下谷の寺町を出たあたりで七つの鐘が鳴った。和泉橋《いずみばし》を渡り、内神田に戻るころには日が西へと傾いて、小柄なおけいの影が道の上に長々と伸びていた。

「お疲れさまでした、留吉さん」

「おけいちゃんこそ、お婆さまに会わせてくれてありがとよ。駄賃というわけじゃないが、そこらで飴《あめ》でも買ってやるよ」

どうやら留吉は、背の低いおけいが十一、二歳の子供だと思っているらしく、さっそく懐《ふところ》から小銭を出して数えている。

「どうせなら可愛《かわい》い飴細工がいいよな。一町ほど先の屋台に行ってみるか」

「本当に結構ですから。それに――」

どのみち今日はうしろ戸の婆に会いにゆくつもりだった、と遠慮するおけいの頭上を、そのとき黒い影がさっとかすめた。

（閑九郎！）

見上げる空に、カラスよりひとまわり小さな鳥が悠々と輪を描いて飛んでいる。

出直し神社からついてきていたのか、閑古鳥《かんこどり》は、『あっぽう』とひと声鳴いて方角を定め、南西へ向かって羽ばたきはじめた。

「あっ、どうした、飴細工はそっちじゃないぞ」

常人には見えない鳥を追って走るうしろを留吉がついてきても、立ち止まって言い訳している暇はなかった。こんなときの閑古鳥が、自分をどこかへ導こうとしていることを、おけいは知っている。

いくつかの辻《つじ》を折れ、人通りの少ない細道に入ったところで閑古鳥の姿が消えた。

(しまった、見失ったかしら)

どこへ行ったか探しているおけいのすぐうしろで、ぼう、と控えめな声がした。

振り返ってみると、貧乏神のお使い鳥が、しょぼくれた店屋の軒先にとまっていた。

店の間口は一間半(約二・七メートル)。店台にひと抱えもある平たい桶《おけ》がひとつ、布をかぶせて置かれているだけである。

何を売る店かと思っていると、ようやく留吉が息を切らせながら追いついた。

「なぁんだ、こんなところにも飴屋があったのか」

「飴……?」

言われてはじめて、『飴あります』と書かれた置き看板が、店台の脇に寝かされていることに気がついた。

「ずいぶん煤《すす》けた店だけど大丈夫なのかね。店番もいないみたいだし」

おーい、お客さんだよー、と、留吉が奥に向かって呼びかけると、前掛けで手を拭《ふ》きながら女が出てきた。

「いらっしゃい。悪いね、奥で用事をしていたもので」

四十過ぎかと思われる女だった。店構えにふさわしい地味な滝縞《たきじま》を着ているが、きりっと引き締まった顔立ちが、昔はかなりの美貌であったことを偲《しの》ばせる。

「この子に飴を買ってやりたいんだけど……あるのかい？」

「飴屋だから飴くらいあるよ。ほら、このとおり」

店のおかみらしき女が、桶にかぶせてあった布を取り払う。

「おっ、こいつは」

「うわっ、すごい」

疑わしげだった留吉と、身を乗りだして桶をのぞき込んだおけいが同時に声を上げた。

「さっき新しいのを出したばかりだからね。今ならいくらでも売ってあげるよ」

おかみが得意げに見せる桶の中には、飴が八分目ほど流し込まれたそのままの形で固まっていた。まるでべっ甲色の氷が張ったようだ。

飴といえば小さく切ったものや丸い飴玉、屋台の飴細工くらいしか見たことがなかったおけいは、桶一杯分の飴に度肝を抜かれた。

物怖《ものお》じしない留吉もこれには気を呑《の》まれたか、数歩うしろに引き下がった。

「い、いくら何でも桶一杯はいらねえ。ていうか、この子が食べる分だけでいいんだ」

「馬鹿だね、桶ごと買えなんて言ってないだろう」

おかみがさばけた口調で笑う。

「うちの飴は、客の前で欲しい分だけかち割って売るんだよ。これを使ってね」

そう言って目の前に出して見せたのは、大工道具の鑿《のみ》と木槌《きづち》だった。

いかほどお売りしましょうか、と、伺いを立てられ、留吉も形勢を立て直した。

「ひとついくらだい」

「割れた大きさにもよるけど、だいたい二文から五文だよ」

留吉は頭の中で勘定して、では二十文分くらい割ってくれと注文した。

カンカン、カンカン――。

おかみが鑿と木槌を使って桶の中の飴を打つたび、さっき出直し神社の階段を修理していたときと同じ小気味のよい音が響く。

こんなやり方では、そこら中に砕けた飴が飛び散るのではないかとおけいは心配したが、派手な音がするわりに、飴は桶の中だけでおとなしく砕かれていった。

おかみは割れた氷のような欠片《かけら》を集めて袋に詰めると、おけいの手に渡してくれた。

「飾らないけど美味しい飴だからね。気に入ったらまた買いにきておくれ」

「はい。――留吉さん、ありがとうございます」

代金を払ってくれた留吉に礼を言ったが、なぜか当人はその場から動こうとしない。どうしたのかと思えば、倒れたままの置き看板に目が向いている。

「おかみさん、これ、土台が割れちまったのかい」

ああ、と、おかみがわずかに眉根をよせた。

「夜のうちに酔っ払いが暴れていったらしくてね。外に出したままにしたおまえが悪いって、うちの人に怒られるしさ。さんざんだよ」

ぼやくおかみに、留吉は十年来の知り合いのような気安さで言った。

「おれが直すよ。金槌と釘と木っ端《こっぱ》があれば、とりあえずの修理はできるから」

「道具はあるけど……いいのかい」

お安いご用と引き受けて、気のいい小者はその場で看板を直しはじめた。

「ここは任せてくれていいから、おかみさんは仕事の続きをしてくれよ。お客がきたら声をかけるからさ」

店番まで引き受けるという留吉に恐縮しながらも、おかみは忙しそうに店の奥の作業場へと戻ってゆく。おけいも自分だけ帰宅する気にはなれず、許しをもらって飴屋の仕事を見せてもらうことにした。

店とひと続きの作業場には、大きな鍋《なべ》を据えた竈《かまど》がふたつ並んでいた。向かい側には納戸《なんど》のようなものがあって、かなり手狭な感じがする。柱も天井も真っ黒に煤けているのは、それだけ長々と火を焚《た》き続ける仕事ということだろう。

おかみのあとについて作業場を抜けると、開け放した裏口の外に笊《ざる》がいくつも重ねて置かれていた。中には米が入っており、おかみは笊を井戸端まで運んで、ざくざくと米を研ぎはじめた。

大量の米を研ぐには水がいくらあっても足りない。おけいは長柄杓《ながびしやく》を使って水道井戸から水を汲《く》み、そのうち自分も一緒になって米を研いだ。

「すまないね。見ず知らずの人に手伝わせちまって」

「いいえ、お安いご用です」

ついに留吉の口癖がうつってしまった。

店先からは鋸《のこぎり》を引く音と、釘を打つ音が聞こえてくる。おけいたちは米を研ぐ。

ぎこぎこ、とんとん、ざくざくざく……。

賑やかにまじり合っていた音が、やがて一時にやんだ。

「うーん。使えるようにはしたけど、やり直したほうがよさそうだな」

看板のぐらつき具合をみて、留吉が腕組みをした。

「十分だよ。うちの人が忙しくて、なかなか直してくれないものだから助かった」

おかみは満足そうだが、仕上がりに納得のいかない留吉は、芝居小屋のいらない端材を手に入れて、明日にでもやり直しに来ると言いだした。

「気持ちはありがたいけど、本当にいいのかい。大したお礼はできないよ」

「なぁに、これしきは――」

お安いご用と言いかけたうしろで、いきなり野太い声が響いた。

「おめぇ留吉じゃねえか。うちになんの用だ」

「ひえっ、権造親分！」

留吉は幽霊でも見たかのように悲鳴を上げ、土煙を立てる勢いで逃げてしまった。

どうやらこの店は、〈飴屋の権造〉と呼ばれる権造親分の家だったらしい。

「馬鹿だね、おまえさん。なにも大声で怒鳴りつけなくたっていいだろう」

「いや、俺は怒鳴ったつもりは……」

女房に叱られては、岡っ引きの親分も形無《かたな》しである。

まだ揉めている二人をそのままに、おけいはそっと飴屋をあとにした。

閑古鳥の姿も軒の上から消えていた。

◉

翌朝、善二郎宅ではサツマイモの入った粥《かゆ》が朝餉《あさげ》の膳《ぜん》にのった。

「大変なときに十日も休んじまってすみませんでしたね。晦日《みそか》まできっちりおさんどんをさせてもらいますから、おかみさんは安心して養生《ようじょう》なさってください」

かいがいしく給仕をするのは、台所女中のお熊《くま》である。

善二郎が殺された翌朝、亡骸《なきがら》を見て腰を抜かしたお熊は、腰を痛めて動けなくなってしまった。はじめの数日だけは嫁いだ娘が看病にきていたのだが、間の悪いことに娘の家族が流行り風邪にやられてしまい、一人で難儀しながら治したのだという。

娘の家を手伝ってやらなくてもいいのかと気づかうお露に、お熊はアヒルの卵の殻をむきながら言った。

「おかげさまで、もう心配しなくて大丈夫だと娘から使いがきましたよ。一番小さい孫だけが、まだ苦しそうに咳き込むそうですけど、熱は下がったようですから」

そんな話を聞きながら、おけいも一緒に朝餉をいただいた。

サツマイモ入りの粥は強めの塩加減が絶妙で、食の進まなかったお露がおかわりをするほど旨かった。ちょっと贅沢《ぜいたく》なアヒルの茹で卵は、昨夜のうちに肥後屋が届けてよこした見舞いの品である。

「しっかり召し上がってくださいよ。卵をもうひとつむいて差し上げましょうか」

お露はもう十分と箸《はし》を置き、おけいも二個目は遠慮した。

茹でた卵は日持ちがしない。あとふたつ残っているというお態に、頭痛の治りきっていないお露がこめかみを押さえながら言った。

「だったら娘さんのご家族に差し上げてください。病み上がりのお孫さんたちに力をつけてもらうのがいいわ」

「あらまあ、そんな――」

はじめは遠慮してみせたお態だったが、重ねて勧められると嬉しそうに礼を述べて下がろうとした。

「あ、これも。残りものでよろしければお持ちください」

おけいが袂《たもと》から取り出したのは、留吉に買ってもらった飴の袋だった。

昨日の夕刻、善二郎宅に帰り着いたおけいは、半日を一緒に過ごした留吉の暮らしぶりについてお露に伝えた。

留吉が浜崎座の仕事を失ったと知って肩を落としたお露だったが、今も町衆に重宝がられていることや、権造親分の飴屋をそうとは知らずに手伝い、親分と鉢合わせてすっ飛んで逃げた話などを聞くと、最後は涙を拭きながら笑っていた。

そのあと一かけらずつ舐《な》めた飴が、まだ半分残っていたのだ。

「孫たちが喜びますよ。あとでちょいと届けに行ってきます」

飴の袋を受け取って、お熊は朝餉の膳を下げた。


おけいは平永町《ひらながちょう》の裏通りを歩いていた。飴屋の前まで来ると、しっかり地面を踏まえて立っている置き看板に目がとまった。

(もう留吉さんが直していったのかしら)

時刻はまだ五つ半（午前九時ごろ）というところだが、急場しのぎに木っ端を打ちつけていた土台が、真新しい木できちんと作り直されている。

『飴あります』と書かれた味気ない看板を見ていると、奥からおかみが出てきた。権蔵親分の女房で、飴屋を一人で切り盛りしているお蝶《ちょう》である。

「いらっしゃい。またきてくれたのかい」

「昨日の飴が美味しかったので、もう少しいただこうと思って」

おけいが差し出す二十文を、お蝶が相好《そうごう》を崩して受けとった。

「そんなふうに言ってもらえると励みになるね。——ちょいと、おけいさんだよ」

へいっ、と気持ちよい返事をして作業場から現れたのは、驚いたことに手ぬぐいを頭に巻いた留吉だった。着物の上にたすきをかけ、手には火吹き竹を持っている。もしかしたらと思っていると、本人が照れながら白状した。

「じつはおれ、飴屋を手伝うことになった」

昨日は権造を見るなり一目散に逃げた留吉だったが、後になって逃げなくてはならないような悪さはしていないことに気がついた。このところ役人に追われる日々が続いたので、岡っ引きと見れば逃げる癖がついていたのだ。

我ながら情けなくなった留吉は、心やすい大道具方に手ごろな端材を譲ってもらい、今朝早い時刻に平永町の飴屋へ行ってみた。

権造は仕事に出かける前で、土間の床几《しょうぎ》に腰かけて一服していた。

『なんだ、またおめぇか』

『おかみさんと約束したもので』

目の前で看板の土台をつけ替える留吉に、煙をくゆらせながら権造が言った。

『おめぇ、浜崎座の出入りを止められたんだってな』

土台のほぞ穴に看板の脚を差し込んで、留吉がうなずく。

『だったらうちで働いてみるか。前に手伝っていた子分どもが、みんな他所《よそ》へいっちまって、お蝶のやつが早く次を連れてこいと文句を言いやがる』

『おれが、親分さんの子分に……？』

『馬鹿野郎。飴屋の見習いだ』

そのまま権造は、八丁堀にある依田丑之助の役宅へご用を聞きに出かけてしまった。

岡っ引きとは、町奉行所の与力や同心が己の裁量で抱える手下のことである。罪人の捕縛に至るまでの聞き込みが主な仕事だが、正式な官吏ではないので奉行所の手当は出ない。十手《じって》を預けてくれた同心からもらうわずかな手間賃と、見まわり先の商家から受け取る心づけが頼りの、稼ぎがおぼつかない仕事だ。

そこで岡っ引きたちは、別の仕事で暮らしを立てる必要があった。手に職を持つ者もいれば髪結いの亭主もいる。飴屋の権造のように、女房に小店を任せる者も多い。

「留さん。そろそろ火の番に戻っとくれ」

桶の飴をカンカン叩いていたお蝶が言った。

「米はやわらかく炊くんだよ。焦がしたりしちゃ使いものにならないからね」

へいっ、と、またしてもよい返事を残し、留吉が作業場へ走ってゆく。さっそく飴の仕込みを教わっているのだろう。

お蝶は飴を紙袋に詰めながら、火吹き竹を吹く留吉に優しい目を向けた。

「気のいい子だとは思っていたけど、もの覚えが早くて助かるよ。前に手伝ってくれていた子も、よく気のつく働き者だったんだけどね」

ほんの半年前まで、権造親分には出来のよい子分がいた。御用の合間に飴屋の仕事も手伝っていたのだが、縁あって海辺大工町《うみべだいくちょう》の材木屋に養子として迎えられた。その前にいた子分たちも、それぞれ養子やら婿《むこ》やらになって出ていったらしい。

「うちの人が連れてくるのは、役人の手をわずらわせたはみ出し者ばかりだけど、一緒に暮らしてみるといい子なんだよ。教えてやれば挨拶もするし、仕事だって手を抜かない。いい子すぎて、すぐ養子に持っていかれちまうくらいさ」

権造親分とのあいだに子はないというお蝶が、寂しさと誇らしさの入りまじった顔を見せた。このおかみに『あんたはいい子』と言われたら、一度は道を踏みはずした者でも、生まれ変わった気持ちになるのかもしれない。

「おかみさーん、そろそろ飯が炊けるよう」

竈の前で留吉が呼んでいる。急いで駆けつけたお蝶が大鍋の蓋《ふた》をとると、見るからに柔らかそうな飯が炊きあがっていた。

「うちは米を使って飴をつくるからね。大事なところだからよく見ておくんだよ」

そう言うと、お蝶は用意してあった水を熱い鍋の飯に注《そそ》ぎ、柄《え》の長いヘラのような道具を使ってかきまぜはじめた。

「この加減が難しいんだ。加える水の量は決まっているけど、飯が冷たくなってしまってはいけないから、寒い時期にはお湯を用意すること。それから――」

粥状になった飯をまぜる手を止めて、お蝶はうしろの納戸を開けた。

納戸の中には数段の棚があり、筵《むしろ》をかぶせた箱が置かれている。蚕《かいこ》を飼う棚に似ていなくもないが、筵の下にあったのは、桑《くわ》の葉ではなくもじゃもじゃした白いものだった。

（あっ、もやしだ）

ただし、おけいの知っている豆もやしとは少し様子が違う。

「これは麦もやしといってね、室《むろ》の中で大麦に芽を出させたものだよ」

米から作る飴でも、粟《あわ》や芋などから作る飴でも、これがなければ甘い飴にならないという肝心の麦もやしを、お蝶は温かい粥の鍋に加えた。

「このままひと晩寝かせたら、明日には粥が甘くなっている。それを布で濾《こ》して汁を煮詰めたら飴の出来上がりさ」

言うは易《やす》いが作業はまだこれからだった。鍋の中は常に温かさを保ってやらねばならず、夏場はともかく、今の時期は時々鍋に火を入れる必要がある。この加減も微妙なもので、うっかり火を入れすぎてしまっては、すべて台無しになってしまうという。

「今は手順だけ覚えればいいよ。そのうち小手先の仕事ではどうにもならないことが出てくるけど、飴の声に耳を傾けてやれば大丈夫だから」

「飴の声……」

まるで生きものを扱うかのようなお蝶の言いまわしに、これまでさしたる苦労もなしに仕事を覚えてきた留吉が、鍋を見つめて考えている。

そこへ、玄人《くろうと》風の女が店先にやってきた。

「ちょいとお蝶さん、急いで飴を割っておくれでないか」

「いつもありがとうございます」

これから見舞いに持ってゆくという客のもとへお蝶が行ってしまうと、おけいは前襟の裏に忍ばせていた結び文を取り出し、そっと留吉に渡した。

「お露さんからです」

留吉は鍋のほうを向いたまま、うしろ手に文を受け取った。そっけない仕草だったが、その飄々《ひょうひょう》とした顔に赤みが差したのを、おけいは見逃さなかった。


四つを告げる鐘の音が、神田川堤の上を渡ってゆく。

飴屋を出たその足で、おけいは昌平橋を目指していた。

すでに橋詰には瓦版屋がきていたが、十人ほどしか客がいない。やすやすと手に入れた読売の題目を見れば、すぐにそのわけが知れた。

「さて、みなさま、本日より〈観音太夫地獄《かんのんだゆう》の道行き〉をお届けいたします。その姿を拝んだだけで極楽往生間違いなしと謳《うた》われた吉原の花魁《おいらん》・観音太夫が、呉服問屋・伊勢屋《いせや》の番頭と手に手を取って――」

口上を聞くまでもなかった。読売のねたが新しいものに代わったのだ。

衆目を集めた〈妖しい刀〉の一件は、お露と留吉がお解き放ちになって以降、これといった進展がない。肝心の〈村正〉も行方がわからないままとあって、ついに打ち切りとなってしまったらしい。

おけいは読売をたたんで懐に入れ、茜屋の別宅へ行った。

広い座敷には誰もいなかったが、土間に雪駄《せった》と大きな草履《ぞうり》が置かれている。二階に向かって呼んでみると、瘦せた老人が階段の途中まで下りてきた。

「先生、読売を買ってきました」

うむ、と、重々しく受け取った狂骨は、題目を読むなり困惑の声を上げた。

「なんじゃこれは」

「花魁の心中騒ぎを扱った読売です」

ねた切れのため〈妖しい刀〉が打ち切られたと知って、たちまち狂骨が怒りだした。

「けしからん。大体、奉行所の役人は何をしておるのだ。柄巻師が殺されて十日も経ったではないか。若い娘まで斬られたというのに、下手人の目星すらつけられんとは情けない。まったくもって情けない！」

もどかしげな老人が階段の板を踏み鳴らす。どこか幼児めいたその仕草に、おけいはつい、袂に入れていた飴の袋を差し出していた。

「怒らないでください。美味しい飴ですよ」

「飴でわしの機嫌がとれると思うか！」

たしかに失礼だった。申し訳ございませんと引っ込めかけた包みを、枯れ枝のような手がかすめ取る。

「いらんとは言うてない。どうせ酒も飲めんのだし、飴でもねぶって無聊《ぶりよう》をなぐさめるわ。──身体の弱った者の滋養にもなるだろう」

最後は真顔になって言い残し、狂骨は二階へ戻っていった。

それと入れ違いに、今度は黒羽織を着た大柄な男が階段を下りてきた。

「依田さま……」

「やあ、おけいさん」

二階まで狂骨の罵声《ばせい》が届いていたらしく、丑之助は情けなさそうに指先で眉間《みけん》を掻《か》きながら言った。

「先生のお怒りはごもっともだ。けど瓦版屋と違って、俺たちは〈妖しい刀〉の一件から手を引いたわけじゃない」

善二郎が殺された当初は、若い女房とその情夫が邪魔な亭主を手にかけた、いわゆる情がらみの殺しだと思われていたが、おみつが斬られたことで別の筋道が見えてきた。

昼夜かまわず外を歩きまわっていたおみつが、善二郎殺しにまつわる秘密を握っていたとも考えられるのだ。

実際、善二郎の通夜が行われた夜に、おみつはこんなことを大声で言った。

『あたし、下手人を見たかもしれない』

『昨晩の五つを過ぎたころ、善二郎さんちの裏から出てきた人が落としものをして――』

もしあれが、〈せんみつ〉と呼ばれる娘の嘘ではなかったとしたら。そして、善二郎を殺した当人の耳に入ったのだとしたら……。

「行こう。俺も善二郎の家に用がある」

おけいを誘って別宅を出た丑之助が、お天気の話でもするような気軽さで訊ねた。

「通夜に居合わせた顔ぶれを覚えているか」

「はい、たぶん」

ふるまいの席に残っていた人々を、おけいは一人ずつ挙げていった。

自分と丑之助のほかに、手習い師匠の淑江、差配の伝次郎、千駄屋の家族四人、名前は知らないが裏長屋に住む男が二人。そのほかにも、通夜を取り仕切る肥後屋の番頭と手代たちが階下にいたはずだ。

「あと一人。おみつが来る少し前に、諒白先生も弔問にきていたな」

「はい……」

おけいの胸がざわついた。いま名前を挙げた人々の中に、本当の下手人が含まれているということだろうか。

「おみつが斬られたことについては、俺たち役人のあいだでも考えが割れている」

道を歩きながら丑之助が口にする言葉は、おけいに聞かせるためというより、己《おのれ》の考えをまとめるためのひとり言かと思われた。

「そもそも善二郎殺しとおみつの件は、関係がないという者もいる。夜歩きをしていて辻《つじ》斬《ぎ》りに遭ったか、礼儀をわきまえない言動がわざわいして無礼討ちにされたか。どちらもあり得る話だと思うが……」

ただひとつ役人たちの考えが一致したのは、おみつを袈裟《けさ》懸《が》けにした者が、少なくとも刀の扱い方を知っている人物だということだった。

「手練《てだ》れではないようだが、あの太刀《たち》筋《すじ》はおそらく」

「下手人はお武家さまということですか？」

牛の旦那と呼ばれる慎重な男の口から、はっきりした答えが返ることはなかった。

いつの間にか善二郎宅の前にきていた。ただいま戻りましたとおけいが表戸を開けると、流しで青菜を洗っていたお熊が顔を上げた。

「お帰りなさいまし。おや、依田さまもご一緒で」

「お熊か。ちょうどよかった。お露に用があってきたのだが、おまえにも聞いておきたいことがある」

ちらと不安そうな顔を見せたものの、お熊は黙って青菜を置き、二階の寝間で横になっていたお露を呼んできた。

「休んでいるところを悪いな、お露。お熊もそこに座ってくれ」

二人の女が丑之助の前にかしこまるのを、おけいは座敷の隅から見守った。

「おまえたちに、もう一度だけ訊ねる。ほかでもない、消えた〈村正〉のことだが、善二郎が客から預かったと見られる九月八日から、下手人に持ち去られた十二日までのあいだに、それらしい刀を目にしたことはあったか？」

すでに幾度も重ねられた詰問だったのだろう。お露もお熊もいささかげんなりした様子だったが、先にお熊が答えた。

「旦那さんのお仕事にかかわることなら、あたしに聞いても無駄ですよ」

亡くなった善二郎には気難しい面があり、仕事中にふすまを開けただけで叱られることがあったので、奥の座敷には近寄らないようにしていたという。

それは女房のお露も同じだった。掃除をするにも亭主が仕事場から出るのを見計らって、手早くすませるよう気をつかっていたらしい。

「掃除をしたとき、床の間の刀掛けに目が行ったりはしなかったのかい」

「さあ、それは……」

困ったように床の間を見たお露だったが、先日おけいが飾った小菊の花を見て、あっ、と小さな声を上げた。

「そうだ。うちの人が殺される何日か前ですけど、庭の小菊を飾るように言われて、床の間に花瓶を置きました。そのとき刀を見たような……」

菊花を床の間に飾ったのなら、おそらく重陽《ちょうよう》の九月九日だろう。

「どんな刀だった？」

「どんなと言われましても、見た気がするというだけで……」

柄巻師の女房とはいえ、お露は刀剣に興味がなく、知識も持ち合わせていない。

黒っぽい刀が置かれていた気がする、としか言えないお露に、丑之助が腰の長刀を刀掛けに置いてみせた。

「俺の刀の拵《こしら》えは、鞘《さや》が黒蠟《くろろ》色塗りで柄巻も黒糸だ。こんな感じだったのかい」

お露が情けなさそうな顔をする。

「すみません。本当に見たのかどうかも定かでないのです。ただ、刀が置かれていたとしても、こんなに長いものではなかったと思います」

「つまり、長刀ではなかったということか」

ようやくお露がうなずいた。

うしろで見ていたおけいは、自分の指先が冷たくなるのを感じた。


ひとまず刀の件は横におき、次に丑之助が訊ねたのは、善二郎の薬の行方だった。

見当たらない薬について話すことはないかと聞かれ、今度はお露が先に答えた。

「私はお薬のこともよく存じ上げません。うちの人は諒白先生のお薬が命の綱だと言って、いつも自分の手の届くところに置いていました。たぶん小引き出しの中だろうと思いますが、開けてみたことはないのです」

いつも善二郎は薬が切れる前に、自ら診療所へ出向くようにしていた。ところが今回は、流行り風邪がうつることを恐れているうちに、手持ちの分をすべて飲み切ってしまった。そこでお露が芝居見物のついでに診療所に立ち寄り、薬を頼んでいったのだ。

「あたしもお薬のことは知りません。あの日は、おかみさんが頼んでおいたお薬を診療所でもらってきて、旦那さんにお渡ししただけです」

「どこで渡した。この座敷か？」

座敷の中には踏み入っていない、そうお熊が答えた。

「ふすまを開けて、次の間からお渡ししました。旦那さんは夕方から調子が悪かったので、すぐ一包み取り出して、残りを小引き出しに入れていました」

「見たんだな」

えっ、と、瞠目《どうもく》するお熊に、丑之助が念を入れる。

「善二郎が残りの薬を小引き出しにしまうところを、見たんだな？」

「ええと、その……」

お熊がしどろもどろになった。これまでの聞き取りでは、薬の置き場所など知らないと言い続けてきたのだ。

「さ、さっきおかみさんが、お薬は小引き出しの中とおっしゃったじゃありませんか。それを聞いて、つい調子を合わせちまっただけで――」

実際に見たわけではない、本当のことは知らないのだと、お熊が言いつくろう。

すかさず丑之助が詰問の調子を変えた。

「なあ、お熊よ。もし、誰かが小引き出しから薬を抜き取っていたとしても、俺はそいつに縄をかけようとは思わない」

目を泳がせる初老の台所女中に、若い同心がゆっくり語りかける。

「ちょうど流行り風邪の患者が町にあふれていたときだ。死んだ善二郎の薬を自分のため、あるいは家族のために持って帰ろうと考えた者がいたかもしれないだろう」

それは誰にでも起こり得る出来心だ。だから丑之助は、薬と善二郎殺しに直接のかかわりがないことがわかれば、あとは見て見ぬふりをするつもりでいた。ところが先刻、狂骨老人から次のような忠告を受けたという。

『いい加減に柄巻師の薬を取り戻せ。喘息の激しい咳き込みを抑えるための薬は、単なる風邪薬とはわけが違う。本人以外が服用すれば大ごとになるやもしれん』

途端にお熊の顔色が変わった。

「大ごとって……どうなっちまうんですか」

「俺も詳しいことはわからんが」

狂骨曰《いわ》く、あの薬を飲むと大人でも具合が悪くなり、小さな子供がうっかり口にすれば、命にかかわるかもしれない、という。

「ひ、ひえぇぇ！」

大きくのけ反ったお熊が、そのまますうしろへ倒れそうになった。おけいが前に出て支えようとしたが支えきれず、一緒に畳の上に転がった。

「ああ、大変なことになった。どうしよう、どうしよう」

転がったまま、お熊が泣きだした。

「どうした。泣いていてはわからんぞ」

そこでようやく自分が薬を盗んだことを白状した。

善二郎の亡骸を見つけて腰を抜かしたお熊だったが、座敷に誰もいなくなった隙に手を伸ばし、小引き出しの中にあった薬を失敬していたのだ。

「堪忍してください。さっき旦那がおっしゃったとおり、身内が流行り風邪にかかったときに飲ませようと思って、つい」

「誰かに飲ませたのか」

「そ、それが、それが……」

混乱しているお熊の代わりに、おけいが心当たりを言ってみた。

「娘さんのところですね。あとでアヒルの卵を届けると言った」

今日の朝餉の席で、近ごろ娘の家族が流行り風邪にやられ、一番小さい孫がまだ苦しそうな咳をしているらしいと話していた。あれからお熊は娘の家へ卵を届けに行ったはずだ。

そのとき薬も一緒に渡したのだとすれば――。

涙にむせびながら、お熊がうなずいた。

「ひ、昼餉の前に、飲ませるよう、娘に、娘に……」

「娘の家はどこだ」

丑之助が立ち上がった。

「あ、相生町《あいおいちょう》、糸瓜《へちま》長屋で、真向かいの菓子屋が、たしか〈志乃屋《しのや》〉と……」

「わたしがご案内します」

おけいもすっくと立ち上がった。志乃屋ならよく知っている。

「急ぐぞ」

善二郎宅を飛び出した丑之助とおけいは、外神田に向けて走りだした。

元岩井町から相生町まで、歩いても四半時（約十五分）とかからない。だが時刻はもう昼に近いはずだった。急がなくては、九つ（正午）の鐘が鳴るのを聞いて、子供に薬を飲ませてしまうかもしれない。

足の速いおけいが高歯《たかば》の下駄《げた》を鳴らして駆けるうしろから、大柄で横幅もある丑之助が背中を丸めて追ってくる。その姿は、前だけを見て驀進《ばくしん》する黒牛そのものだ。

やがて和泉橋を渡って相生町の近くまできたとき、横町から里芋売りの男が飛び出した。おけいはうまく避《よ》けたが、天秤棒《てんびんぼう》に当たった丑之助が男ともつれ合うように転んだ。

「あっ、依田さま」

「かまうな、先に行けっ」

里芋が散らばる道の上で、もがきながら丑之助が叫ぶ。それと同時に九つを告げる寛永《かんえい》寺《じ》の鐘が鳴りはじめた。

もう一刻の猶予もない。おけいは下駄を脱ぎ捨てると、袴《はかま》のすそを両手にたくし上げて走りだした。道行く人々が何ごとかと振り返るなか、見覚えのある路地を抜け、志乃屋の真向かいの破れた障子戸を引き開ける。

土間では子供たちがおはじきをしていた。姉妹らしき二人が驚いた顔を上げるその奥の四畳半で、若い女が片手に幼児を膝《ひざ》に抱き、もう片方の手で三角に折った薬包紙を持って、幼児の口に丸薬を入れようとしているところだった。

(いけない!)

声に出して止めている暇はなかった。おけいは何も言わずに飛びかかり、奪い取った幼児を胸に抱いたまま正面の壁に突っ込んでいった。

◘

九月二十三日の朝は、冷たい北風が吹いていた。町もすっかり秋らしくなり、吹き寄せられた黄色い木の葉が、置き看板の脇にわだかまっている。

掃きあつめた木の葉を屑箱《くずばこ》に捨てて戻ってくると、店の奥からお蝶の声がした。

「働かせて悪いね、おけいさん。そろそろ炊きはじめるから見においで」

「はい」

おけいは飴屋にきていた。朝餉《あさげ》の前に顔を出した権造親分から、四つ前になったら店まで来るよう言われていたのだ。

作業場では手ぬぐいを頭に巻いた留吉が、昨日のうちに仕込んでおいた鍋の中身を布袋に入れて絞っていた。

「ちょっと舐めてみるかい」

お蝶が絞り汁をすくって味見をさせてくれた。

「あっ、甘い」

おけいはびっくりした。炊いた米に水と麦もやしを加えてひと晩置いただけなのに、砂糖でも加えたかのように甘い。

「不思議だろう。どうして甘くなるのかわからないけど、うちの実家では昔からこうやって飴を作っているんだよ」

お蝶の実家は目黒不動尊の参詣道にある大きな飴屋だった。

まだ娘のころに家を飛び出し、与太者たちから〈姐《ねえ》さん〉とおだてられていい気になっていたお蝶は、盗賊一味に引き込まれそうになっているところを権造に助けられた。それを機に駆け出しの岡っ引きだった権造と夫婦となり、荒れた暮らしから足を洗ったことで親元にも許されて、自分たちの店をもたせてもらったのだという。

「この甘い汁を粘りのある飴汁になるまで煮詰める。それを引き伸ばして折りたたむ作業を何度も繰り返すのだけど、手は熱いし、扱いにくいし、楽な仕事じゃないからね」

その難しい仕事をいつも一人でこなしているお蝶は、布袋から甘い汁を余さず絞り切ろうと苦心している留吉の尻を軽く叩いた。

再び竈《かまど》に火が入り、大鍋の中で甘い汁がふつふつと煮えかえる。焦がさないように柄の長いヘラでかき混ぜながら煮詰めるのは、かたときも気の抜けない作業である。

作業場に甘い匂いが漂いはじめるころ、店表から丑之助が入ってきた。

「待たせて悪かったな、おけいさん。昨日の傷は大丈夫か」

「はい、依田さまこそ」

おけいの広い額と低い鼻先には、まだ生々しい擦《す》り傷があった。危ない薬を飲まされようとしていた子供を助けた際、勢い余って顔から壁にぶち当たったのだ。

気づかう丑之助の右頬にも、里芋売りとぶつかって転んだときの擦り傷がある。

「せっかくの美男美女が台無しだよな」

「本当に。でも子供さんが無事でなによりでした」

二人はひりつく痛みをこらえて笑顔を作った。

そこへ、少し遅れて戻ってきた権造が、作業場に立つ女房に言った。

「今から御用の話がある」

お蝶は目顔でうなずいて、店表へ行ってしまった。亭主の仕事にかかわる話は聞かないことにしているらしい。

「あ、だったら、おれも……」

「馬鹿野郎。おめぇまでいなくなったら飴が焦げちまうだろうが」

自分も作業場から出ようとする留吉の襟首をつかんで引き戻し、権造が裏口の戸を閉めると、窓のない作業場はいっぺんに薄暗くなった。

竈の揺らめく炎に片頬だけを紅く照らされながら、丑之助が口火をきった。

「呼び出したのはほかでもない。昨日のうちにはっきりしたことを、おけいさんに聞いてもらいたかったからだ」

「――はい」

うなずきながらも、おけいは落ち着かない心持ちがした。なぜ自分のような小娘に、改めて御用の話を聞かせようというのだろう。

「知ってのとおり、喘息の薬を持ち去ったのは台所女中のお熊だった。善二郎殺しとのかかわりはなかったが、その代わり面白いことがわかった」

昨日の騒ぎが一段落したあと、事情を知ったお熊の娘は、母親からもらった丸薬を丑之助に渡した。畳に散らばった分も含めると、薬は全部で五包あった。

「おかしいとは思わないか」

言われてみれば、算盤《そろばん》が合っていない。

善二郎が殺された日の夕方、お熊が診療所で受け取った薬はたしかに五包だった。だが、そのうちの一包を善二郎はすぐ飲んだはずだ。見た者はいないが、あとで丑之助が本人に会い、『さっき薬を飲んだ』と言うのを聞いている。

つまり喘息の薬は四包しか残っていなかったのだ。ところが翌朝、善二郎の亡骸《なきがら》を見つけたあとでお熊が小引き出しを探ったとき、薬は五包になっていた。

「備え置きがひとつ残っていたのでしょうか」

おけいの思いつきを、丑之助が穏やかに退けた。

事件が起こる日の朝、善二郎は切羽詰まった顔で、手持ちの薬を全部飲んでしまったから今日中に診療所へ行ってくれと、お露に頼んだらしい。

「では、小引き出しの中に別のお薬が入っていたのかもしれません。たとえばお腹《なか》が痛いときのお薬とか……」

その推察については、昨夜のうちに丑之助が確認をすませていた。茜屋の別宅に狂骨を訪ね、薬の吟味《ぎんみ》を頼んでいたのだ。

「先生は五包すべてを口にして、どれも同じ喘息の薬だと断言されたよ」

こうなるとおけいはお手上げだった。

上辺《うわべ》だけを見れば、薬の数がひとつ多いという話である。しかし、その余分な一包の中に事件を解き明かす手がかりが隠されていると、丑之助はにらんでいるようだ。

「俺の考えは突飛かもしれない。けど、善二郎が死んだあとに誰かが小引き出しを開けて、薬を入れたとしか思えんのだよ」

「…………」

誰が、何のためにそんなことをするのか。

「あとひとつ、持ち去られた〈村正〉が脇差だったかもしれないというのも、昨日わかったことだったな」

善二郎の通夜のあと、『下手人を見たかもしれない』というおみつの言葉を聞いた人々のなかに刀を使う者がいたかどうかは、すでに権造が調べをつけていた。

「女衆は除くとして、町の剣道場に通ったことがあるのは、左官職人の八五郎《はちごろう》だけでした。ただし子供のころに木刀を振った程度で、真剣など持ったことはありません」

ということは、あの晩の顔ぶれのなかでおみつを袈裟懸けにできたであろう人物は、同心の依田丑之助を除けば、一人だけ——。

「まさか……諒白先生を疑っているのですか」

「疑いたくはないが、あの先生ならいつでも喘息の薬を用意できただろうし、刀袋に入れた脇差を帯びている。いつまでも人を斬った刀を持ち歩くとは思えんが、処分していないとすれば今も診療所のどこかに〈村正〉が……」

しかし町医者とはいえ、諒白は旗本の家柄である。刀袋の中身を確かめることも、診療所を家探しすることも、断られたらそれまでだ。

そもそも諒白は、流行り医者でありながら、貧しい者にも分け隔てなく治療をほどこす人格者として知られている。それがなぜ自分の患者である善二郎を手にかけることになったのか、肝心のところがわからない。

一方、善二郎にも殺されるほどの落ち度があったとは思えなかった。仕事に厳しい寡黙《かもく》な男だったが、揉めごとなど起こしたことはなく、診療所で長く待たされることがあっても、辛抱強く順番を待っていたという。

「診療所の助手たちから聞き出そうとしたが駄目だった。あの連中も武家の端くれだ。町方などに気安く話してはくれない」

無理もないと、おけいは思った。助手たちは諒白を神さまのように崇《あが》めている。万が一、思い当たる節があったとしても口をつぐむだろう。

「あとはもう、おけいさんだけが頼りだ」

ここまで話してきた丑之助が、背の低い娘の前で膝を屈《かが》めた。

「些細《ささい》なことでもいいから思い出してくれないか。たとえば善二郎が殺された九月十二日、診療所でなにか変わったことはなかったか？」

聞かれてすぐに思い出せるものではない。それに、まだおけいには信じられなかった。本当にあの諒白が人を傷つけるような真似をしたのだろうか。

「答えづらいのはわかっている。流行り風邪の患者が押し寄せる診療所で、あの先生が身を惜しまず患者に尽くすところを見たのだからな。とはいえ――」

牛のように大きくて優しい目が、おけいの顔を正面からのぞき込んだ。

「どんなに立派な医者でも、人を斬ったのなら見逃すわけにはいかない。たとえ先の知れた病人だろうと、親も見放す嘘つき娘だろうと、手に掛けていいはずがないんだ」

丑之助の言うことは正しいと思った。自分がこの一件に深くかかわっていて、今さら何も見なかったではすまないことも承知している。それでもおけいは、夕方まで考えさせてくれと答えるのがやっとだった。

「わかった。そのあいだに俺と権造親分は貝紅《かいべに》の出どころを調べよう」

「貝紅というと、おみつさんから預かった……？」

おみつの貝紅には、唇に差すと緑がかった玉虫色に見える高級な紅が使われていた。年中みすぼらしい着物で出歩いていた娘が持つものではなく、千駄屋の両親も買ってやった覚えはないらしい。

「おそらく、諒白にもらったのだろう」

善二郎を斬って裏口から逃げるところを見られたと知った諒白が、二度と口外しないよう、おみつに贈り物をして約束させたのではないかというのだ。

「では、貝の中に入っていた滋養のお薬も、諒白先生にもらったのでしょうか」

そいつはまだ見当もつかないと、丑之助が首をすくめた。

ともかく、諒白が貝紅を買った店を突き止めるべく、権造と手分けして小間物問屋をめぐり、同じ貝紅をどの小売店に卸したのか調べているところだという。

「では、日没後にもう一度ここへきてくれ」

丑之助は慌ただしく権造を連れて店を出ていった。

日が西に傾くころ、おけいは夕餉の総菜を買いに外へ出ていた。また腰を痛めてしまったお熊に代わって台所を任されたのだが、朝に飯を炊く以外は、買った総菜が一品あれば十分だとお露に言われている。

ナスの味噌《みそ》田楽《でんがく》と香《こう》の物だけ買って善二郎宅のある裏通りに戻ると、家の前に岡持を提げた男が立っているのが見えた。

（お露さんが出前を頼んだのかしら）

表戸の前にはお露の姿もある。二人で何やら話したあと、男は岡持を開けることなく持ち帰ってしまった。

「おかえりなさい、おけいさん」

こちらを振り向いたお露の顔に、かすかな笑みが浮かんでいる。

「ただいま戻りました。いま出前がきていたようですが……」

「あれは間違いです。差配の伝次郎さんが注文したウナギを、うちと勘違いして届けたらしいのですけど、これが初めてじゃないんですよ」

お露の話によると、食道楽の伝次郎はちょくちょくウナギや寿司の出前を頼む。そのうちの何件かが、間違ってこちらに届いてしまうらしい。

「住まいと名前が似ているのですよ。あちらは柳原岩井町の伝次郎さんで、こっちは元岩井町の善二郎。どちらも同じ店を贔屓《ひいき》にしていたから、よけいややこしくて」

「たしかに紛らわしいですね。耳で聞いただけではうっかり――」

突然、おけいの頭の中に稲妻のような光が走った。

（柳原岩井町と元岩井町。伝次郎と善二郎……）

これまで見聞きしてきたつもりの雑多な出来事の中から、本当は見えていなかったもの、聞き逃していたものが次々と浮かび上がり、ひとつの筋道として繋《つな》がってゆく。

おけいは買ってきた総菜を、お露の手に押しつけて言った。

「すみません。先に夕餉を召し上がってください」

「あっ、おけいさん――」

うしろを振り返る余裕もなく、柳原岩井町を目指して駆け出した。


暮れ六《む》つが近づいた空に、茜《あかね》色の雲がたなびいている。

勢い込んで飴屋に駆けつけたおけいだったが、まだ丑之助と権造は戻っていなかった。

日没後の約束なのだから仕方がない。はやる心を抑えて西日の差し込む店の奥に入ると、お蝶と留吉が息を合わせて、飴のかたまりを引き伸ばしているところだった。

「そら、留さん。もっと思い切って引かないと」

「で、でも、千切れちまいそうで……」

あの器用な留吉が、熱い飴を手で引き伸ばす作業に手こずっている。

「もたもたしているほうがよくないよ。ほら、床に垂れそうだ」

だらりと伸びた飴をお蝶が引き受けて折り重ね、再び片端を留吉に持たせる。

「さあ、今度はしっかり引いて！」

二人がかりで伸ばした飴を二つに折って重ね、また引き伸ばす。この作業を行うことで、やわらかい飴が、かたい飴になって固まるらしい。

「これで桶に移す。それっ」

他所《よそ》の店では、引き伸ばした飴が固まる前に小さく切ったものを売っているが、権造の店では桶の中でひとかたまりに固めてしまう。

「のんびりしている暇はないよ。まだ次が残っているからね」

大鍋の中から熱い飴が取り出され、作業が繰り返される。自らを細工貧乏というだけあって、早くも留吉の手つき腰つきが様になってきた。

三つの桶が飴で満たされたころ、丑之助が重い足取りで作業場に入ってきた。続けて戻った権造ともども疲れきった顔をしている。

「参ったよ。あの貝紅を扱っているのは、江戸で一番大きな小間物問屋だった。同じものを卸した小売店は百軒近くあるとさ」

店だけでなく、担ぎ売りの行商人にも相当な数を卸しているらしい。

先行きが思わしくない丑之助に、おけいは約束どおり九月十二日の診療所で自分が見聞きしたことを話した。

早朝から流行り風邪の患者が大勢詰めかけたこと。諒白の助手が二人も休んでいたこと。善二郎の喘息の薬をお露が頼みにきたこと。診察を受けにきたおみつが助手に追い返されたこと。差配の伝次郎が滋養の薬を頼んで帰ったことなど。

「滋養の薬だと――？」

熱心に耳を傾ける丑之助の眉がぴくりと動いた。おみつの貝紅に入っていたのも滋養の薬だったからだ。

「はい。流行り風邪が治っても調子の戻らない伝次郎さんは、診療所で滋養の丸薬を処方されていました。さっき本人に確かめたので間違いありません」

ほかにもキノコ中毒の家族に手を取られるなどして、十二日の診療所は何もかもが大幅に遅れていた。暮れ六つにおけいが帰宅を促されたあとも、まだ多くの患者が待合処で診察を待っていたらしい。

「あとになって聞いた話ですが、患者さんや家族さんが薬をもらいに来る時刻になっても、すぐにお渡しすることができなかったそうです」

診察を続ける諒白は、薬を取りにきた患者の名前だけ聞いて、薬箪笥《くすりだんす》の中から丸薬を取り出していた。いつものように名前を書いた投薬袋を用意する余裕などない。ただの白い袋に薬を入れて受付処にまわすのが精一杯だった。

結局その日の診療が終わったのは五つ近くで、最後まで待合処に残っていたのが、柳原岩井町からきた伝次郎の女房だった。

諒白はよほど疲れていたのか、『薬が遅すぎる』と伝次郎の女房が怒りだしたことを助手から聞いたときには、何のことだかわからない様子で呆然《ぼうぜん》としたという。それでも最後の薬を処方すると、休憩もなしに往診へ出かけたのだった。

「ここから先は、わたしが勝手に想像したことです。何の裏づけもありませんから、そのつもりでお聞きください」

丑之助も権造も、小さな巫女姿の娘がみちびき出した事件の真相に、瞬《まばた》きすらせず聞き入った。その傍《かたわ》らでは、留吉が飴を煮た大鍋をタワシで擦りながら耳をそばだてている。

やがて、すべてを語り終えたおけいに、感慨深げな丑之助が言った。

「よくわかった。今の話が本当だとすれば辻褄《つじつま》は合うが、証《あか》しを立てられないのが残念だ。諒白の助手が口を開くとは思えんし、おみつもまだ……」

「やはり、貝紅の出どころを虱潰《しらみつぶ》しにあたるしかないですね」

もう権造は肚《はら》を決めたようだ。おみつに貝紅を買い与えたのが諒白だとわかれば、そこから新しい糸口がつかめるかもしれない。

「おい、留吉」

へいっ、と、小者が大鍋に突っ込んでいた頭を上げる。

「話は聞こえたな。どうだ、おめぇもやってみるか」

「と、いうと……」

明日から小間物屋をまわって聞き込みをしてみるかと言われ、留吉はタワシを手にしたまま濡れた土間に膝をついた。

「願ってもないことだ。おれでお役に立てるなら、どうぞ使ってやっておくんなさい」

◉

おけいは朝餉《あさげ》の片づけがすむと、大急ぎで飴屋へ行ってみた。

今日から権造の子分として聞き込みに出るという留吉の様子をお露に伝えてやりたかったのだが、奥の作業場をのぞいてびっくりした。

「どうしたのですか、そのなりは……」

竈《かまど》の前に立っていたのは、山伏の姿をした留吉だった。かつて大峰山の泰山坊を名乗って祈禱《きとう》代を稼いでいたころの白装束《しょうぞく》を身につけ、頭には兜巾《ときん》までかぶっている。

「驚いたかい。この格好で飴を売り歩くことにしたんだ」

「えっ、飴を？」

貝紅の聞き込みはどうなったのかと目をぱちくりさせているところへ、飴の桶を抱えて現れたお蝶が、笑いながら教えてくれた。

「面白い子だろう。うちの飴を売り歩きながら聞き込みをしたいって言うのさ。十手をちらつかせるより効があるだろうって、依田さまも賛成してくれたよ」

なるほど、そういうことかと合点したおけいの前で、山伏姿の留吉が鑿《のみ》の柄と木槌《きづち》をカンカン打ち鳴らしてみせた。

「飴売りの連中は面白い格好で客の目を引いているだろう。おれもこのなりで音を鳴らしながら歩くことにしたんだ。えー飴はいかがー、あまーい、あまい山伏の飴だよー、カンカンカン、って具合にさ」

口上は堂に入ったものだが、あいにく〈山伏の飴〉という響きが美味しそうに感じない。そこで、おけいは思いついたことを言ってみた。

「飴を割るときもカンカン音が鳴りますよね。いっそ〈カンカン飴〉と名前をつけてはいかがでしょう」

そのほうが楽しそうだし、子供たちの気を引きそうだというおけいの案に、お蝶も手を打ち合わせた。

「いいわ、それ。店でもその名前で売ることにしよう。置き看板も書き換えて、飴を入れる紙袋にもそれらしい絵柄を刷ったほうがいいだろうね」

　あっさり命名された〈カンカン飴〉の看板は、留吉が近いうちに書き換えると請け合った。そればかりか、紙袋に絵柄を刷るための版木《はんぎ》まで自分で彫ると言い出した。

「お安いご用だよ。まだ世間では流行り風邪が収まっていないことだし、疫神除《えきじんよ》けの絵を刷ったら喜ばれると思うんだけど、どうかな、おかみさん」

「それもいいね。ぜひそうしておくれ」

　若い者たちの思いつきに、お蝶も若やいだ顔でよろこんでいる。

　ただし版木の下絵だけは誰かに描いてもらいたい、絵はあまり得意じゃないという留吉のため、おけいが心当たりに頼んでみることになった。

「では行ってきます」

「行っておいで。張り切りすぎて無理をするんじゃないよ」

　重い木箱を担いだ留吉の背に向けて、お蝶が火打石の火花を散らして送り出す。

　おけいは次の辻まで一緒に歩くことにした。留吉がこっそり小さな結び文を渡してきたときにはドキッとしたが、すぐに一昨日の返事だと気づく。

「お露さんに、ですね」

「よろしく頼むよ」

　山伏姿の飴売りは、聞き込みを割り当てられたお城の西側を目指して歩いていった。

留吉を見送ったその足で、おけいは岩本町の建具屋を訪ねた。相談相手はつぶらな目をした十歳の男の児《こ》である。

「この紙袋に疫神除けの絵を入れるのですか」

「そうです。逸平さんに下絵を描いていただければ助かるのですが……」

建具屋の三男坊の逸平は、組子《くみこ》障子の図案を引かせれば大人顔負けの仕事をする。先だっては茂兵衛の依頼を受け、巾着《きんちゃく》の目新しい絵柄を考案していたので、今度は飴屋の袋の絵を描いてはもらえないかと頼んでみたのだ。

「面白そうだ。ぜひ、わたしに任せてください」

塾が休みで暇を持て余しているという逸平は、こころよく引き受けてくれた。

おけいは礼を言って建具屋を出ると、善二郎宅に戻ってお露に結び文を渡した。

その場で文を読んだお露は、小さな紙きれを胸に抱きしめたあとで、おけいにも文面を見せてくれた。そこにはつたない平仮名で、『にねんまってくれ』とだけ書かれてあった。

一昨日の留吉に宛てた文で、お露は来月から肥後屋に戻り、住み込みの女中として働くことになったと伝えていた。これがその返事であるということは——。

「よかったですね、お露さん」

きっと留吉は、権造親分のもとで下っ引き修業をして、二年経ったらお露を迎えにゆくつもりなのだ。

「私も頑張って働きます。お世話をしてくださった肥後屋さんに精一杯のご恩返しをして、留吉さんとの仲を認めていただけるようにします」

聞いているだけで清々《すがすが》しい気持ちがした。

まだ当分は世間から厳しい目を向けられるかもしれないお露だが、留吉との将来を思い描けば、つらいときでも前向きな気持ちで働けるだろう。


昼餉の支度をするにはまだ余裕がある。おけいは茜屋の別宅へ、用を伺いに行ってみることにした。

二階にいるかと思った狂骨は、奥の座敷で壁に向かって胡坐《あぐら》をかいていた。

「お邪魔いたします。あら、その絵は……」

老人の視線の先に一幅の軸がかかっていた。かなり古めかしいもので、墨で描かれた絵も、表装の布も色変わりしている。

「昨日、あの男がきて置いていったのさ。たまたま通りかかった骨董《こっとう》屋で見つけて、絵の中のジジイがわしにそっくりだから買い求めたとか言いおって……」

茂兵衛が『ジジイ』などと口にしたとは思わないが、水墨画の中で切り株に腰かける老人は、痩せた身体に粗末な身なりで、髪と顎鬚を長く伸ばしている。

本当に似ていると感心するおけいの前で、ひね者の老人はフンと鼻を鳴らした。

「この絵は〈神農〉を描いたものだ」

「シンノウ――ですか?」

それが何者なのか知らない娘に、狂骨が絵の中の老人について教えてくれた。

「神農とは、はるか大昔の唐国《とうごく》を治めたとされる皇帝の一人で、医薬の神としても知られている。まだこの世に医術というものがなかったころ、神農は己のまわりにあるすべてのものを口に入れ、食べられるか、食べられないか、薬になるか、毒になるか、身をもって試したそうだ。見よ、常人ではない証しに角が生えておろう」

たしかに神農の頭にはコブのような角が二本ある。

常人ではないにせよ、毒のあるものを口にして吐いたり下したりを繰り返したと思われる神農は、大抵げっそりと痩せた老人の姿で描かれるらしい。

「そんな神が本当にいたのかどうかはともかく、古代の人々が毒のある草や木の実、キノコなどを食べて死ぬのは日常茶飯だったに違いない」

人が目の前で具合を悪くしたり、死んでしまったりすることでしか、有毒のものとそうでないものを知る手立てはなかった。そうして、星の数ほども繰り返されたであろう無辜《むこ》の人々の死の積みかさねが、食と医薬の知恵となって後世に残された。

「命に代えて貴重な教えを残した先人への思いが、いつしか神農の姿となり、医薬の祖として崇《あが》められてきたのだろうな」

「その教えがお医者さまに受け継がれて、わたしたちをお救いくださるのですね」

江戸には諒白のような本科医をはじめ、外科医、産科医など、医者と名のつく者が大勢いる。いつぞやキノコにあたって診療所に助けを求めた家族も、諒白の正しい処置のおかげで命を落とさずにすんだのだ。

(でも、あれほど患者のために尽くしている先生が、どうして……)

今も心のどこかで諒白を信じたいと願っているおけいの傍らで、厳しい目をした狂骨が続きを語った。

「医術は進んだように見えるかもしれん。だが実際は道なかばにすぎない。医者に治せぬ病は多いし、見立て違い、手違いで患者を死なせてしまうこともある。大事なのは、間違いが起きたときにそれを認め、なぜそうなったのかを正しく後世に伝えることだ」

取り返しのつかない間違いほど、まともに向き合うのはつらい。患者が苦しみ、目の前で亡くなったことなど思い出したくないし、いっそなかったことにしてしまいたい。しかし、それを許せば医術の歩みは止まってしまう。

「医の道をこころざした者は、どこかで神農が見ていることを忘れてはならん」

狂骨はそう締めくくって、二階の座敷へ上がっていった。

ひとりになったおけいは、神農の掛軸の前に座して考えた。はたして今の諒白に、厳しい目をした医薬の祖と向き合うことはできるのだろうかと。

（お止めしなくては……。もうこれ以上、先生が道から外れてしまわないように）

どんな理由があったにせよ、諒白の選んだ手段は間違っている。

おけいは丸い頬に伝う涙をぬぐって立ち上がった。


二日後の昼下がり、差配の伝次郎が、お露を訪ねてきた。晦日に家を明け渡す段取りについて話をしにきたのだ。

「調子はどうだい。もう今日は二十六日だが、引っ越しの支度は進んでいるかね」

入り用なものは柳行李《やなぎごうり》ひとつにまとめた。家財道具も明日中に古道具屋が引き取ることになっているから、一日早く明け渡しができそうだとお露が答える。

「そうか、でも無理に急ぐことはない。善二郎さんの死にざまが世間に知れ渡って、当分は次の借家人が決まりそうにないことだし」

いわくつきの家にはなかなか借り手がつかないとこぼす伝次郎も、奥の座敷に上がるのを避け、土間で話をすませて出ていった。

「ずっと奥の座敷を気にされていましたね」

「昼間から怪異もないでしょうに。うちの人だって、下手人ならともかく、わざわざ差配さんの前に化けて出る義理はないと思いますよ」

お化け嫌いの伝次郎をダシにして笑い合ったあと、おけいはふと考えた。

伝次郎ほどの怖がりではないにしても、さぞかし諒白は寝覚めの悪い思いをしていることだろう。墓場で野宿するのが平気な自分でも、人を殺《あや》めてしまったら、その日から夜の闇《やみ》を恐れるに違いない。まして罪を償うことなく頬かむりを決めているなら……。

「どうしました。おでこの傷が痛みますか」

額に手を当てて考えていたおけいは、大丈夫だと答えたあとでお露に言った。

「思いついたことがあるので、今から浅草へ行ってきます。そのあと権造親分の店にも立ち寄りますから、帰りが遅くなるかもしれません」

お露は何も聞かずに送り出してくれた。

浅草から戻って飴屋をのぞいたときには、西日が町並みの向こうに沈みかけていた。

「よかった、今日はきてくれないかと思ったよ」

おけいの顔を見るなり、お蝶が小娘のようにはしゃぎながら店の中に引き入れた。

「どうだい、急ごしらえにしてはいい出来だろう」

自慢げに見せたのは、赤い絵柄が入った飴の袋だった。逸平の下絵をもとに、昨夜遅くまでかけて留吉が版木を彫りあげ、今朝も暗いうちから起き出して、試し刷りをしてから出かけたという。

「まだ十枚ほどしかないのだけど、試しに飴を入れてお客さんに渡したら、とても喜んでくれてね。疫神から守ってもらえそうだって」

紙袋に刷られていたのは、小さな角を生やした老人だった。長い髪に、長い髭を伸ばし、手にした草を口に入れようとしている。

「この絵、もしかして神農さまですか」

「へえ、あんた物知りなんだね」

さすが、あのかしこい坊やの知り合いだけあると、お蝶が感心する。

神農について何も知らなかったお蝶と留吉に、逸平は真面目くさった顔でその由来を教え、厄除けの色とされる赤い染料で刷ることを勧めたそうだ。

やがて外が暗くなり、店表に戸板を立てるころ、深川と本所を聞き込んできた丑之助と、外神田から北を受け持った権造が帰ってきた。闇雲《やみくも》に歩きまわっているわけでなく、諒白が往診に出向いた先を調べているのだが、今日も実りはなかったようだ。

芝の増上寺《ぞうじょうじ》から西へ行ったという留吉は、まだ戻ってこない。

おけいはとりあえず丑之助と権造に、自分が考えついた秘策を話すことにした。

納戸に背をあずけて耳を傾けていた丑之助は、しばらく目を閉じて考えてから渋い顔をして言った。

「それは無謀だな。策としては面白いし、見込みはあるかもしれんが、どう考えても無茶だ。医者とはいえ諒白は刀を使う。二度も人の血を吸った〈村正〉をだ」

問答無用で斬りかかられたら、助けてやろうにも間に合わないという丑之助に、おけいはなおも食い下がった。

「そうならないよう気をつけます。こちらの思惑が当たったら、まともに刀を振る余裕はなくなるはずですから」

「いや待て、なにもおめぇが身体を張ることはなかろうよ」

危ない役は自分が引き受けるという権造の申し出を、おけいはきっぱり断った。岡っ引きが相手では諒白も警戒してかかるだろうし、それでは自らの罪を告白させるという目的が果たせなくなってしまう。

この秘策を考えたときから、諒白に真実を突きつけるのは自分の役目と決めていた。

そもそもおけいは、嘘の中のまことを見極めてくるよう、うしろ戸の婆から言いつかってきたはずだった。なのに〈せんみつ〉と呼ばれた娘の嘘と本気で向き合わなかったせいで、もうひとつの事件が起こってしまった。もっと早く、千の嘘にまぎれた真実に気づいていたら、何かが違っていたかもしれないのに。

「気持ちはわかるが、思い切ったことを仕掛けるには相応の裏づけがいる。おみつに貝紅を与えたのが諒白と決まれば別だが、買った店が見つからないうちは――」

「見つけました！」

丑之助が言い終わる前に、山伏姿の留吉が戸板の隙間から飛び込んできた。

「榎坂《えのきざか》の小間物屋に、諒白とおみつが連れだってきたそうです」

「なにっ」

「おみつも一緒だったのか」

留吉の〈カンカン飴〉を買ってくれた女が、馴染みの小間物屋で見かけた二人のことを覚えていた。

「薬籠《やくろう》を提げた男前の侍が、よりによって薄汚い町娘に上等の貝紅なんぞ買ってやったものだから、興味を引かれたらしくて」

小間物屋へ行って確かめると、店のおかみも同じことを覚えていた。嬉しそうに貝紅を受け取った娘は、垢じみた碁盤格子の着物を着ていたという。

「よおし、よくやったぞ、留吉」

新しい子分の初手柄を権造親分が喜ぶ、その横で、懐から朱房《しゅぶさ》の十手を出した丑之助が、おけいを見てうなずいたのだった。

◉

晦日の夜は深い闇に包まれていた。

開け放した裏庭からは、虫の音《ね》ひとつ聞こえてこない。

おけいは静まりかえった善二郎宅の座敷で客を待っていた。

四つを告げる鐘が鳴って、すでに半時が過ぎている。来ないつもりかと心配しはじめたころ、表で人の動く気配した。

（きたわ……！）

ふすまは半分ほど開けてあった。

やがて、ぼんやり灯《とも》った行灯《あんどん》の向こうに、総髪の若い男が立った。

「おけいさんだったのですね、これを書いたのは」

諒白が手にしているのは、宵のうちに届けた呼び出しの文である。

「お露さんは、どこですか」

「いません。昨日のうちに肥後屋さんへ移られました」

今この家にいるのは自分だけだと言うおけいに、諒白が用心深げに訊ねる。

「わざわざこんな時刻に呼び出して、私に見せたいものとはなんですか」

おけいが白衣の袂から出した貝殻を目にした途端、薄い明かりの下でもそれとわかるほど諒白の顔色が変わった。

「おみつさんの貝紅です。榎坂の小間物屋で、先生が買って差し上げたそうですね」

半分は嘘だ。誰に買ってもらったのか、おみつの口から聞いたわけではない。

そうとは知らない諒白は、ぎこちない笑みを浮かべて認めた。

「もちろん覚えています。増上寺の別院まで出向いたおり、偶然おみつさんと会いましてね。近ごろ診療所を訪ねても、助手に追い返されてばかりだとこぼしていたので」

手近な小間物屋にはいり、詫びのつもりで好きなものを買ってやったという。

もっともらしく弁明する諒白の前で、おけいは貝紅を開けた。

「お見せしたかったのは、こちらです」

「それは――」

貝の殻から出てきた薬包紙を見て、諒白が足を一歩前に踏み出した。

すかさずおけいは一歩下がり、相手との間合いを保つ。

「病後に用いる滋養の丸薬です。おみつさんが貝紅に入れて持っていました」

本来なら滋養の薬は、土瓶などで煮出す薬湯《やくとう》として処方される。丸薬を調合している医者が諒白を含む数人しかいないことは、すでに丑之助が調べをつけていた。

「おかしいですね」

諒白が不思議そうに首をかしげてみせる。

「私は滋養の薬など、おみつさんに処方した覚えはありませんが……」

「いいえ、拾ったのです。善二郎さんを斬った下手人が落としていったものを」

この場にいないおみつに代わって、おけいが答えた。

それは、とうに知っていたはずの事実だった。おけいだけではない。善二郎の通夜に居合わせた者なら、みな同じことを耳にしたはずだ。

『善二郎さんは殺されたのですってね。あたし、下手人を見たかもしれない』

『昨晩の五つを過ぎたころ、善二郎さんちの裏から出てきた人が落としものをして――』

おみつの声はしっかり聞いた。しかし、誰も心にとめることなく、またいつもの嘘話だと軽く聞き流してしまった。ただ一人を除いては……。

「含みのある言い方ですね。まさかおけいさんは、この私が善二郎さんを斬ったと思っているのですか。なんの恨みもない病人を？」

「恨みなどではありません」

おけいは切ない心を押し隠し、九月十二日の診療所でいったい何が起こったのか、自分の思うところを話しだした。

「あの日、人手の足りない診療所がどれほど忙しかったかは、わたしもよく知っています。とくに食あたりのご家族に手を取られて以降、診察も、いったん帰宅した患者さんの投薬も、何もかもが後まわしになっていたことも存じています」

暮れ六つを過ぎてもまだ診察が続いていた諒白は、薬を取りにきた患者の名を受付処の用人から伝え聞き、その都度処方するしかなかった。柳原岩井町の伝次郎の名を告げられたときも、滋養の丸薬を投薬袋に五包入れて用人に渡した。ところが――。

「診療が終わる時刻になっても、まだ伝次郎さんの奥さまが待合処で薬を待っていました。そこではじめて先生は、先に滋養の薬を持ち帰ったのが別人だったことに思い至ったのです。あれは元岩井町の善二郎さんの家の者だったのだと」

投薬袋に名前が書いてあれば、受け取った側が気づいたかもしれない。しかし、その日は名前を書く余裕もなかった。新米の助手と、実家から手伝いにきている用人は、よもや諒白が患者の名を聞き違えたとは思っていない。

――今ならまだ間に合う。

間違いを取り戻せると踏んだ諒白は、いつも善二郎に処方している喘息の薬を用意すると、急ぎの往診に行くとだけ言い残して元岩井町へ走った。

「でも、間に合わなかったのですね」

おけいの言葉が、行灯の明かりが及ばない四方の闇にしみ込んだ。

「夕方から調子が悪かった善二郎さんは、お熊さんが診療所で受け取ってきた丸薬を、その場で服用したそうです。でも咳き込みは止まりません。〈村正〉の刀を見にきた依田さまが、顔色だけ見て帰ってしまうほど、具合は悪くなる一方だったようです」

おそらく善二郎は続けて薬を服用したことだろう。でも咳き込みは止まらない。中身は滋養の薬なのだから、五包すべて飲んだとしても効くはずがなかった。

「先生がこの奥座敷に入ったとき、すでに善二郎さんはこと切れていたのでしょう」

気の毒な患者の亡骸《なきがら》を前に、がっくり肩を落とした若い医師の姿が目に浮かぶ。

本来なら、その場で家族に事情を話し、不幸な手違いについて謝罪すべきところだった。

ところが幸か不幸か、女房のお露がまだ芝居見物から戻っていなかった。家の中には自分と善二郎の骸《むくろ》があるだけだ。

「そこで先生は思いついてしまったのです。今なら間違いをなかったことにできるのではないか――と」

自分の脇差は忘れてきてしまったが、目の前の刀掛けに、ひと振りの脇差が置かれていた。これで善二郎の首を斬れば、医者の手違いで死んだとは誰も思わないだろう。

諒白は吸いよせられるように刀を手に取り、刃文の美しい刀の切っ先で、善二郎の横首を抉《えぐ》った。ほとんど血がしぶかなかったのは、すでに脈の途絶えた遺骸だったからだ。

次に薬の置き場所を探した。小引き出しに残っていた滋養の薬と、持参した喘息の薬を入れ替えたまではよかったが、やはり気が動転していたのか、五包ある薬をすべて置いてくるという手ぬかりがあった。

薬が五包とも残っていたのでは辻褄が合わない。そこに思い至った諒白が、再び善二郎宅に忍び込むのは四日後のことである。

「先生の不手際はそれだけではありませんでしたね。善二郎さんの首を斬ったあと、人目にたたないよう裏から逃げたのですが、その姿を夜歩き中のおみつさんに見られていました。しかも、取り戻したばかりの滋養の薬をひとつ落としたことに気づかないまま」

おみつも真っ暗な家の裏口から出てきた諒白に、いつもと違う何かを感じたのだろう。

声をかけることなく物陰から様子をうかがった。そして、諒白が去ったあとに落ちていた薬の包みを拾い上げ、意味もわからないまま持っていたのだ。

「翌日、善二郎さんが殺されたと知ったおみつさんは、さぞ驚いたことでしょう。同時に自分がとんでもない秘密を握ったことも察したはずです。だからこそ、善二郎さんの通夜に先生が来るのを待ちかまえて、あんな言葉を口走ったのです」

おみつは知っていた。近隣の者は自分の言うことに耳を貸したりしない。けれども諒白だけは聞き流すことができないということを。

それからというもの、おみつが診療所へ行けば、どんなに忙しくとも諒白が会ってくれるようになった。遠方の往診先で待ち合わせて、妹がうらやむような上等の貝紅を買ってもらったりもした。

おみつは幸せだったに違いない。探るような目をした諒白から、あの薬はどこにあるのかと再三訊ねられても、もう少しだけこのままでいたいと願ったことだろう。

だが、その幸せも長くは続かなかった。おみつの嘘の中のまことに役人が気づいてしまうことを恐れた諒白から、夜の薬研堀に呼び出されたのだ。

「先生は、おみつさんを斬って薬を取り戻すおつもりでしたね。でも、おみつさんは薬を持っていなかった。なぜならあの日の夕方、わたしに託したからです」

おけいの瞼《まぶた》の裏には、これは自分の宝物だと言ったおみつの顔が焼きついている。

「先生、おみつさんは斬られることを覚悟のうえで――」

「お話はそれだけですか」

諒白の声は、裏庭から吹き込む夜風より冷たかった。

「面白い筋書きでしたが、すべてはあなたの頭の中で考えたこと。その滋養の薬にしても、私が練った丸薬かどうか怪しいものだ。手に取ってみないことには」

そう言うと、諒白がまた一歩前へ踏み出し、おけいも同じだけうしろに下がる。

「なぜ逃げるのです。私が怖いのですか」

諒白の右手が、腰の脇差へ向かってゆっくりと動く。

おけいは見た。黒糸で巻かれた柄に手をかけた途端、秀麗な若い医師の顔によこしまな笑みが浮かぶのを。

「さあ、薬をよこせ」

諒白の口から、老人のようなしわがれ声がもれた。

「賢《さか》しらなことを言うが、おまえごとき巫女に医術の何がわかる。私は医家の名門・多紀家の血を引く者だ。病に苦しむ人々を救わんがため、幼少のころより寝る間も惜しんで励んできた。そんな私が間違いを犯すと思うのか」

しゃべっているのは確かに諒白だ。それがこれまでとは異なる言葉つきで、じりじり間合いを詰めながら、おけいにささやきかけてくる。

「考えてもみよ。私が患者の名前を聞き違えたりすると思うか。それを誤魔化そうとしてしくじったり、薬を落としたり……そんな馬鹿げた過《あやま》ちを次々にしでかしたと思うのか。この私が、誰からも尊敬されている、この、諒白が――」

いつの間にか、おけいは縁側のふちまで追い詰《つ》められていた。

あとがないと見た諒白が、口の両端を吊り上げてニタリと笑う。その顔は、もうおけいの知っている誠実な医師のものではなかった。

「もうよい。おまえもおみつのところへ行け」

鞘から抜き放たれた白刃が光る、その瞬間――。

ふっ、と行灯の火が消えた。

おけいは素早く縁側の端に身をよせ、次の幕が上がるのを待った。

「むうぅ……」

真の暗闇となった座敷の中から、怒りを含んだ諒白のうなり声が聞こえる。

やがて、墨を流したような暗がりに、ぼうっとひとかたまりの火が灯った。

行灯でも、提灯《ちょうちん》でもない。青白く燃える鬼火である。

ゆらゆらと宙をただよう鬼火の下に、畳に片膝をついた諒白の姿がぼんやり見える。

諒白は動きまわる鬼火を目で追っていたが、そのうち、座敷にいるのが自分一人ではないことに気づいた。隅の暗がりから、白い着物を着た男が、ずりずり、ずりずりと、畳の上を這《は》いずってこようとしているのだ。

「せんせい……」

男が諒白へ向けて手を伸ばし、喉の奥からかすれた声を絞りだした。

「くすりを、はやく、くすりを……」

助けを求める男の首筋には生々しい傷があった。そこから流れる大量の血を見て、諒白の目が驚愕《きょうがく》に見開かれる。

「あ、あなたは、善二郎さん……！」

死んだはずの柄巻師が、もう目前まで迫っていた。

血まみれの手に足首をつかまれそうになった諒白は、抜身の脇差を握ったまま縁側から飛び下りると、裏庭へ逃げ込もうとした。

ところが今度は、庭先の井戸から鬼火が浮き上がって行く手を阻《はば》んだ。

立ちすくむ男の前で妖しく揺れる青白い鬼火――。それだけでも不気味な眺めだったが、もっと恐ろしいものが、井戸の底から出てこようとしていた。

音もなく、ゆっくり見えはじめたのは、乱れた女の髷《まげ》だった。続けて血に濡れた恨めしげな顔、袈裟《けさ》懸《が》けに斬られた格子柄の着物が、次々とあらわになってゆく。

「そんな、まさか、おみつ……」

目の前で井戸の上まで浮き上がったおみつが、わななく手で刀を握りしめる男を目がけ、一直線に宙を飛んだ。

「ひぃーっ！」

たまらず諒白は刀を投げ出し、頭を抱えて地面に伏してしまった。

また、あたりが闇に包まれた。鬼火が消え、おみつの幽霊もいなくなっていたが、どこからか悲しげな声だけが聞こえてきた。

「せんせい……どうして、あたしを、ころしたの？」

「す、すまない。許してください」

ついにおみつ殺しを認めた諒白は、見えない相手に向かって頭を下げた。そして幾度も詫《わ》びながら、追い詰められた心の内を語りはじめた。

「本当にすまないことをした。私の実家は、旗本とはいえ俸禄《ほうろく》が少ない。四男坊の私など、生まれたときから邪魔者扱いだった。そんな私が世に出るためには、親類の多紀家を頼って医者になるしかなかった」

学問漬けで医学館に入るまでも、そのあとも、ひたすら努力を重ね、立派な医者になることだけを考えてきた。そう訴える声は、聞きなれた諒白のものだった。

「苦労した。人に言えない苦労もしたのだよ。ようやく親に褒められ、多紀家にも認められて自分の診療所を持ったというのに、あんなつまらない手違いで患者を死なせたと知れたら、すぐに世間から見放されてしまう。そう考えると――」

すべてを失うことが怖くて仕方なかった諒白は、己を守るために善二郎の亡骸を傷つけ、それを知ったおみつの口までふさいでしまった。

「なぜそこまでのことをしてしまったのか、自分でも信じられない。ただ、善二郎さんの家にあった刀を手にしたときから、人を斬ることが当然のように思われて」

ふと諒白は、目の前が明るくなったことに気づいて顔を上げた。

「そうだ、次は私の番だ。この始末をつけなければ――」

地に投げた〈村正〉を再び手に取ろうとしたが、横で提灯をかざしていた丑之助に止められた。

「やめておけ。もう、その刀には触れないほうがいい」

「いいえ、責任をとらせてください」

すでに肚を括《くく》った諒白は、定町廻り同心を前にしても動じなかった。

「私は善二郎さんを死なせたばかりか、おみつさんまで殺してしまったのですから」

「それは違います！」

おけいが縁側から飛び下りて叫んだ。

血糊《ちのり》まみれで善二郎役をつとめた留吉と、釣り竿《ざお》にぶら下げた火の玉を巧みに揺らしていた権造も続けて姿を見せ、生垣の中に頭から突っ込んでいたものを引き出した。それは、おみつの着物を着せられた木偶人形《オデデコ》だった。

「おみつさんの幽霊ではなかったのか……」

よくできたオデデコを見て愕然《がくぜん》とする諒白に、おけいが肝心なことを伝えた。

「幽霊のはずがありません。だって、おみつさんは生きていますから」

◘

神無月《かんなづき》の十日である。

初冬を迎えた出直し神社の境内に、今朝は一面の白い霜《しも》が降りた。

日が昇ってしばらく経ったころ、四谷御門《よつやごもん》まで出かけていたおけいが社殿に戻ってきた。

「おかえり。おみつさんは無事に旅立ったのかね」

冷え込みが残る簀子縁《すのこえん》で、うしろ戸の婆が出迎えた。

「はい、婆さま。思ったより足取りがしっかりしていました。狂骨先生が同行してくださいますし、何の心配もないと思います」

婆はうなずき、自分の隣に座るようおけいをうながした。

去る九月十八日の夜、薬研堀で斬られて死んだと思われていたおみつだったが、じつは息絶えてはおらず、深手を負って千駄屋に運びこまれていた。

おみつの治療にあたったのは、茜屋の別宅に逗留していた狂骨だった。千駄屋の騒ぎを聞きつけたおけいが呼んできたのだ。

そして夜が明ける前に、八丁堀から駆けつけた丑之助、折よく別宅に泊まっていた茜屋の茂兵衛、手当てを終えた狂骨が話し合い、おみつは死んだことにして、下手人の正体が知れるまで別宅の二階でかくまうことを決めたのだった。

その後、狂骨の手厚い看護を受けて回復したおみつだったが、夜具の上に上体を起こすまでになっても、なぜか口をきくことができなかった。

日常の用には首を振って応じる。しかし自分が斬られた一件にかかわることには、一切首を動かさない。のちに筆談ができるようになっても、かたくなに下手人の正体を明かそうとはしなかった。

「下手人といえば、諒白とかいう男前の医者はどうなったのかね」

その名を聞くと、今もおけいの心は痛む。

九月晦日の幽霊芝居を見届けてすぐ神社に帰ってしまったおけいだが、十日ぶりに四谷御門前で会った丑之助から、その後の始末について教えられていた。

「諒白先生は、多紀家のお預かりとなって謹慎されています。善二郎さんが亡くなったことについては不幸な事故、おみつさんの件は無礼討ちだったということで片がついたそうですが、ご自身で髷《まげ》を切ってしまわれたと聞きました」

侍の身分を捨てた諒白は、謹慎が解かれるのを待って江戸を去ることになっている。どこか遠くの町で一介の医師としてやり直すのだという。

「なるほど。では、近いうちに元気で旅立つことを神さまに祈ってやろう。——で、おみつさんの逗留先は決まっているのかい」

「甲州《こうしゅう》街道沿いの小さな尼寺《あまでら》だそうです」

歩けるようになっても口はきけないままのおみつを、狂骨が知り合いの寺で養生させるよう取りはからったのだ。

『もう刀傷はふさがっている。言葉を失ったのは別の問題だろう』

しばらく静かな田舎に身を置いてはどうかと狂骨から勧められ、おみつは素直に従うことを決めたという。

(口をきかないのは、おみつさんがそう望んだからだわ。自分の口をふさいでほしいと、神さまの前で願ったから……)

都合のいい嘘も、不都合な事実も、もう自身の口から語られることはない。おけいが見送りの場で声をかけても、おみつは静かに会釈《えしゃく》だけして去っていった。

(結局、わたしは何の役にも立たなかった。もっと早く嘘の中のまことを見極めることができていたら……)

己を責めるおけいに、うしろ戸の婆が皺《しわ》だらけの優しい笑みを向けた。

「うまくいったこともあるじゃないか。あの細工貧乏な小者は、飴屋の親分さんの下っ引きとして働くことになったのだろう。たね銭の小粒銀だって、浅草のオデデコ一座を招くために使われたのではなかったかい」

そのとおりだった。諒白に罪を認めさせるため、おゆうの一座に力を借りてひと芝居打つと決まったとき、この小粒銀を使ってほしいと留吉が願い出たのだ。自分がこっそりお露と会っているあいだに死んでしまった善二郎への、せめてもの償いだと言って。

「さっき飴屋さんをのぞいてきたのですけど、留吉さんのカンカン飴はどこへ行ってもよく売れるそうです。お店に来るお客も増えたって、お蝶さんが喜んでいました」

朝一番の麦もやしの仕込みが終わったら、留吉が飴売り姿を見せに来るかもしれないと聞いて、うしろ戸の婆はうれしそうだ。

「それは上々。男前の医者にしても、いずれ向かう町では今まで以上に尊敬されるだろう。おみつさんだって、一年後には元気な顔でたね銭の倍返しに来るかもしれない。誰もがまだ道のなかば。この先も道は続くのだから」

たね銭の話が出たところで、おけいは裂けた守り袋を懐から取り出した。さっきおみつと別れる際、五文のたね銭を入れた新しい袋と取り替えてやったのだ。

おみつが懐に入れて持ち歩いていた五枚の一文銭は、すべて真っ二つに断ち切られていた。これがなければ、骨まで断たれて死んでいたことだろう。

「でも婆さま、どうしてたね銭は五枚だけだったのでしょう」

思いついておけいが問う。せめてもう一、二枚多ければ、おみつの傷はもっと浅くてすんだのではないか、と。

「一枚でも多いと駄目だったのだよ」

うしろ戸の婆は、受け取った破銭《われぜに》を両手のひらに挟んで拝む仕草をしたあと、帷子《かたびら》の袂に仕舞いながら答えた。

「六文になったら、三途《さんず》の川を渡ってしまうからね」

「あ……」

三途の川の渡し賃が六文だったことに気づき、おけいが口をあんぐりと開ける。

「これ、そんなに大口を開けたら顎が外れる」

さも可笑《おか》しそうな婆の高笑いと、笹藪《ささやぶ》の小道から聞こえてくる、カンカン、カンカン、鑿《のみ》と木槌《きづち》を打ち鳴らす飴売りの音が重なって空を渡っていった。


後日談がある。諒白が打ち捨てた〈村正〉の脇差は、持ち主が名乗りでることのないまま、南町奉行所に置かれていた。依田丑之助の進言もあり、寛永寺でお祓《はら》いをする手筈《てはず》を整えたのだが、当日の朝になって消えていることが発覚した。

妖しい刀がどこへ行ったのか、今もまだわかっていない。

本書は、ハルキ文庫のために書き下ろされた作品です。

時代小説文庫

さ 23-5

妖《あや》しい刀《かたな》　出直《でなお》し神社《じんじゃ》たね銭貸《せんが》し

著者　櫻部由美子《さくらべゆみこ》

2022年9月18日第一刷発行

発行者　角川春樹

発行所　株式会社 角川春樹事務所
〒102-0074 東京都千代田区九段南2-1-30 イタリア文化会館

電話　03(3263)5247［編集］　03(3263)5881［営業］

印刷・製本　中央精版印刷株式会社

フォーマット・デザイン＆シンボルマーク　芦澤泰偉

ISBN978-4-7584-4516-0 C0193

http://www.kadokawaharuki.co.jp/［営業］
fanmail@kadokawaharuki.co.jp［編集］　ご意見・ご感想をお寄せください。